Benito Wogatzki

Unter der Sonne von Saint-Tropez

Eine französische Novelle

Faber & Faber

Wer die Anhöhe von Saint-Lourant erreicht hat und nun zurückblickt ins Tal, der sieht plötzlich, am Hang gegenüber, ein Häuflein Häuser liegen – von weitem wie eine Schafherde, die in der Windstille eingeschlafen ist.

Das träge Schweigen des Fleckens betäubt, auch der Salbeigeruch, der heilsame, scheint von dort zu kommen – schon sinken dem Betrachter die Lider auf die Augen, er gähnt und ...

Da platzt Musik in die Stille, festlich und machtvoll, aus Lautsprechern, dazu Frauengesang – deutlich von dort drüben. Eine Gedenkfeier, ein Fest? Zu erkennen ist nichts, man hört nur die Marseillaise heraus, spürt jetzt den dumpfen Takt im Boden, während die Wolken, noch immer lautlos, übers Tal ziehen. Aber so plötzlich wie das Konzert einsetzte, bricht es ab. Ein Trichter kracht, der Gesang stirbt – alles vorbei, der Ort schweigt wieder. Wo sind wir hier?

Das Gemeinwesen dort drüben heißt Ardinoschou, so viel ist gewiss. Und es verfügt wahrscheinlich, wie jeder Ort hier, über einen Dorfplatz, auf dem sich die Einwohner gerade versammelt haben, vielleicht um das Kriegerdenkmal herum – aber nun sind sie alle verstummt. Nur ein Fuchs schnürt aus einem Gemüsegarten – und rast nun talwärts. Die jähe Ruhe kommt auch ihm nicht geheuer vor ...

Hier beginnt die Geschichte – indem nämlich der verwirrte Beobachter die Anhöhe hinunterhetzt und drüben wieder hinauf, um die Dinge in Augenschein zu nehmen. Nicht lange, und vor ihm liegt er wirklich, der festliche Platz, auf dem die Einwohner des Ortes versammelt stehen und stumm verharren, in ihrer Mitte der Bürgermeister, eine Schärpe über dem Sakko, den Text für eine Rede in der Hand. Drei Schritte von ihm entfernt ragt, ebenso lautlos, das schwere Banner von Ardinoschou in den Himmel – gehalten vom Dorfpolizisten. Aber aller Leute Augen starren nach rechts: zur geöffneten Heckklappe eines Ford-Transit, dort hantiert ein kleiner Mann mit Kabel und Stecker an der Tonmaschine. Ja, der Verstärker brach jäh ab und bringt nichts mehr hervor, keinen Gesang und keine Rede. Der Mechaniker erklärt den Leuten, er werde zwei neue Kabel einziehen, das sei am sichersten; er trägt ein Lederblouson, das in der Sonne schillert, und eine Brille aus Bakelit. Alle Anwesenden, die ungesungene Hymne im Hals, nicken ergriffen. Sie sind nervös, gewiss – aber es ist auch nicht anzunehmen, dass jemand die Nerven verliert.

Ardinoschou ist uralt und hat Schlimmeres erlebt. In fernen Zeiten war es mit größeren Fahrzeugen überhaupt nicht zu erreichen gewesen; verschlungene Wege umgarnten mehrere steile Hügel. Zu Fuß oder mit dem Esel bewegte sich von Süden herauf, wer im großen Frankreich gescheitert, zum Weiterleben jedoch entschlossen war. Die Weltgeschichte kam hier nicht hin – nur die Pest war immer rechtzeitig zur Stelle, schuf zweimal Platz für neue Einwanderer. Die bauten dann auch wieder Wein an, brannten Wasserrohre aus Ton oder suchten Trüffel unter den Eichen …

Nun ja – heute nun, sobald der Tonausfall repariert ist, wird der Bürgermeister namens Charmasson – Ernest Charmasson! – mit ein paar Worten an den Zweiten Weltkrieg erinnern und auf sein, gottlob, siegreiches Ende mit den Bürgern anstoßen. Von Geduld geprägt durch Landarbeit sind seine braunen Hände, breit die Hüftknochen vom schweren Heben. Doch die Panne ist ihm peinlich. Ihm gegenüber, eine Kistenbank entlang, hat eine Reihe aufgeputzter Weiber Aufstellung genommen, und ihre Blicke gehen fassungslos zum Himmel. Auf den langen Schrein, worin Wurfkugeln für das Boule-Turnier lagern, lassen sie sich sonst niederplumpsen – sobald die Hymne gesungen ist – nun trauen sie sich nicht. Ernest will ihnen schon ein Zeichen geben – »Nun setzt euch doch!« – da fällt ihm auf, dass jetzt alle woanders hinstieren. Und was sehen sie? Sie sehen, wie das Banner schwankt. Die Standarte der Gemeinde neigt sich bedenklich mal auf diese, mal auf jene Seite. Jérôme Laskar, der Dorfpolizist, kann das Monstrum nicht mehr halten. Mein Gott ja, seit dem Beginn der Feier und ihrem plötzlichen Abbruch und seit der langwierigen Reparatur – seitdem steht dieser Mann und hält das schwere Tuch in die Höhe. Sie ist golden bestickt, die Flagge, und mit Steppnähten gesteift und muss schräg gehalten werden. Der massive Stiel steckt zum Glück im Gürtel, also unterhalb des Magens, in einer Art Knobelbecher, damit er nicht wegrutscht – die besorgten Weiber sehen aber, wie sein schmales Becken sich jetzt vorschiebt, um den Fall aufzuhalten durch sein Gegengewicht …

Nun ja, im Büro des Bürgermeisters war ein kleiner Schluck genommen worden, bevor sich der Gemeinderat in geschlossener Formation die Freitreppe hinunterbegab. Jérôme nimmt diese Stärkung jedes Mal gerne in Anspruch, oft drei oder vier Gläser, wenn möglich. Jetzt rutscht ihm die ovale Schirmmütze, *la casquette*, ins Gesicht, und wenn nicht sofort gesungen wird, gibt es eine Katastrophe. Der Akustiker an der Tonmaschine ist mit dem zweiten Kabel durch, jetzt nur noch den Kontakt herstellen, sagt er. Nicole, eine von den Weibern vor der Bank, tauscht einen Blick mit dem hilflosen Charmasson – und beginnt einfach zu singen. Hell singt sie und wellenförmig, ohne Musik, die anderen folgen ihr, ein paar Männer steigen, erheblich tiefer, mit ein – schnell die Hymne, dann die Rede, so denken sie. Aber die Strophe ist fast geschafft – da knallt der Verstärker, er funktioniert wieder! Und was nun? Jäh setzt das Orchester auf dem Tonband ein, beginnt rabiat die Marseillaise von vorn. Die Lautsprecher übertönen den Chor: »*Allons enfants de la patrie …*« – alle müssen wieder auf Anfang – der Polizeimann sieht den Himmel schwinden …

Jérôme Laskar ist Dorfpolizist seit vierzehn Jahren. Charmasson hatte ihn nicht eingesetzt, es war noch sein Vorgänger, der ihn erwählte, ein Sozialist namens Henri. Der überreichte ihm sogar eine Waffe, dazu hat ein Bürgermeister die Befugnis. Überhaupt war dies Jérômes beste Zeit – er trug Vorkommnisse ein, regelte im Sommer den Verkehr, kontrollierte die Löschzüge, ging zur Jagd, inspizierte Hochzeiten und Geburtstage, genehmigte das Feuerwerk zum Brotfest, ging zum Kursus nach Draguignan, putzte seinen Revolver und erlebte eine ganze Menge, kann man sagen. Einmal, als die Jazzkapelle aus Trets hier gastierte, da gab sie ein Konzert in Form eines Umzugs, zog mit Oldtime-Jazz schleifenförmig durch die Straßen, zwei Posaunen, drei Mädchen mit Saxophonen, eine Tenorklarinette, helle Trompeten und ein Bass – und Laskar lenkte den gesamten Straßenverkehr (Urlauber!) um das *Café de la Réserve* herum – es war phantastisch …

Später wurde das Leben schwieriger. Der Sohn verunglückte mit dem Trecker und seine Frau Colette sprach nicht mehr mit Jérôme – er hätte sich um den Sohn nie richtig gekümmert, na ja – dann wechselte die Politik mehrmals und Jérôme hatte für kurze Zeit auch einer liberalen Bürgermeisterin namens Ivette zu dienen, die nahm ihm den Revolver weg, weil Jérôme ihren Bruder festnehmen wollte, der ein Moped ohne Licht fuhr. Also, es war so, dass der ihn beschimpfte und ihm drohte, und da hatte Jérôme die Waffe gezogen. Dann kam Charmasson an die Macht, aber der gab ihm bis heute nicht den Revolver zurück – er war der Meinung, dass ein guter Polizist sowas nicht brauche. Auch gut. Aber in letzter Zeit nahm er auch Anstoß daran, dass Jérôme im *Café de la Réserve* saß und gerne, nun sagen wir, gesellig war. Und wenn er …

Da – die Hymne war durch! Die Frauen ließen sich auf dem langen Kasten nieder, der Bürgermeister begann zu reden. Er sprach ins Mikrofon, obwohl jedes Wort, das er versenkte, nie wieder zum Vorschein kam. Aber es störte ihn nicht mehr. Am Text solcher Reden feilte ein pensionierter Referent mit, Monsieur de Lambert aus dem Außenministerium; er hatte in Ardinoschou ein Haus nebst Schuppen geerbt und kriegte aus Paris veraltete Ausgaben des *Observateur* gratis geschickt. Also: das Ende des Zweiten Weltkriegs – da sollte die heutige Rolle Europas, die ja eine Vision Napoleons war, nicht fehlen. Und wie immer, wenn Ernest eine Rede hielt, rannten die Kinder mit Affenzahn um den Dorfplatz herum, je länger er sprach, desto schneller. Und als der *Monsieur Le Maire* an der Stelle war, wo ein Dorf wie Ardinoschou die gemeinsamen Werte der Staaten in den Vordergrund stellt – nicht das Trennende! – da brach Jérôme Laskar zusammen. Er knickte ein wie ein getroffener Soldat und ließ das Banner in den Sand fallen. Als sich die Leute erschüttert über ihn beugten, war er eingeschlafen. Es sah aber wie eine Ohnmacht aus, schlimmer: wie ein schlagartiges Herzversagen. Einer riss den Imbiss vom Tisch, und man legte Jérôme darauf, trug den Tisch wie eine Bahre zur Bürgermeisterei hinauf. Ein Rettungswagen kam … Der brachte Jérôme am nächsten Tag wieder zurück. Das Herz war soweit in Ordnung, hieß es. Er sollte sich ausruhen und Vitamine einnehmen. Womit Charmasson klar war: Jérômes hatte nur zum Schein die Augen geschlossen. Sein Charakter hing durch. Darüber war oft hinweggesehen worden – jetzt ging das nicht mehr. Sie trafen sich am antiken Waschhaus, setzten sich auf den blank gewaschenen Stein der Umrandung. »Monsieur Laskar«, erklärte Ernest leise, aber offiziell, »die Grenze ist überschritten.« Er erwähnte, während Wassertropfen von der Decke patschten, verschiedene Anhaltspunkte, die darauf hinwiesen, dass Laskar den Aufgaben nicht mehr gewachsen war.

»Das ist nur deine Meinung«, gab Jérôme zu bedenken.

»Das Dorf fühlt sich nicht mehr sicher«, entgegnete Charmasson. Er erinnerte den Schutzmann an die Feier vom vorigen 14. Juli, dem Revolutionstag. Da hatte er ebenfalls sehr geschwankt.

»Du weißt«, konterte Jérôme, »dass auch damals der Lautsprecher nicht funktionierte, dass der überhaupt noch nie funktionierte – aber das stört dich nicht, was? Das nimmst du einfach so hin?!«

»Du hattest die Fahne in die Erde gerammt und dich daran festgehalten!«

»Das ist bei Revolutionen so üblich!« belehrte ihn Jérôme. »Ich war stocknüchtern.« Ernest schwollen die Augen. Es war keine Verständigung mehr möglich – im Grunde auch nicht nötig. Es ist nämlich der Bürgermeister, der den Dorfpolizisten einsetzt, in der französischen Republik zugleich der erste Offizier des Ortes. Dem entsprechend nahm er jetzt eine militärische Haltung ein und erklärte: »Wenn du es nicht selber tust, werde ich deine Entlassung beantragen. Ich gebe dir zwei Wochen.«

Er ließ Laskar stehen und stieg die Treppe zur *Mairie* hinauf. Der Polizist rückte seine Mütze gerade, straffte sich und schritt dreimal durch Ardinoschou, um zu zeigen, dass er im Dienst war. Am Abend, und zwar ohne Umschweife, sprach wieder seine Frau Colette mit ihm. Sie legte die Zurückhaltung der letzten beiden Jahre ab und sagte mit offener Betroffenheit: »Ich habe es kommen sehen.«

Jérôme, der gerade Wildschwein aus einer selbst verschweißten Konserve aß und Rotwein dazu trank, hörte auf zu kauen und warf das Messer auf den Tisch. »Was willst du?«

Colette blieb erstaunlich ruhig, nahm an seinem Tisch Platz und goss sich ebenfalls Wein ins Glas. Sie sah ihren Gatten in großer Gefahr.

»Was genau hat er gesagt?« fragte sie.

Günstig für Jérôme war, dass am Sonnabend darauf das große Boule-Turnier begann – ein Murmelwerfen der erwachsenen Bevölkerung. Der Ort spielte leidenschaftlich Boule, es brach dieses Turnier jedes Mal wie ein Fieber aus. Über fünfundzwanzig Teilnehmer hatten sich gemeldet, aus Saint-Lourant kamen auch noch welche, dazu noch drei bis vier Belgier, die in Urlaub waren, »Arschbräuner«, wie man sie nannte. Gespielt wurde *pétanque,* die Füße (pedes) stehen brav nebeneinander, tangieren sich – beherrschtes Werfen der 600-Gramm-Kugel aus dem Stand (ohne Anlauf), aus dem gestreckten Arm, dessen Handrücken nach oben zeigt. Das Spielfeld musste nicht so groß sein, man konnte auf dem Plateau drei Kämpfe gleichzeitig ablaufen lassen. Nun ja – aber ohne einen Ordner dieses lebhaften Treibens, bei dem auch Getränke erlaubt waren, kaum denkbar. Nehme man nur den Verkehrsweg, der am großen Boule-Platz vorbeiführte, und zwar unmittelbar: Autos, Fahrräder, Mofas. Sollte eine Kugel – aus Versehen oder Überschwang – dort hinrollen, musste abgesperrt werden. Auch Kinder, die herumrannten, galt es zu ermahnen, damit sie nicht in einen Wurf rannten. Mitunter gab es Streit über den Abstand der Wurfkugel zum »Schweinchen« – doch schon, dass eine behördliche Aufsichtsperson in Uniform auf und ab ging, wirkte schlichtend auf alle Erregungen, die ein *concours de boules* mit sich brachte. Auch dieses Jahr zog sich der Wettkampf weit über eine Woche hin – also an jedem Abend bis Mitternacht und Sonntag *»à temps plein«* – full time – und daran musste Ernest Charmasson wohl gedacht haben, als er bei seiner Drohung eine Zwei-Wochen-Frist nannte. Er hatte das Boule-Turnier berücksichtigt – genau diese Zeit blieb dem Polizisten, die Spiele waren seine Galgenfrist.

Mein Gott, Jérôme liebte den Posten, auch wenn er ihn, auf den Monat gesehen, nur stundenweise, sagen wir mal: ausfüllte. Der Polizist Laskar war im zweiten Beruf noch Maurer, das heißt: er verdingte sich ab und an bei einem Bauunternehmer in Barjols; auch wenn ihn diese Arbeiten nicht sehr beanspruchten, konnte er jederzeit behaupten, dass dies sein eigentlicher Broterwerb war.

Mit dem Polizei-Job war das anders, hier galt er als Amtsperson, fühlte er seine ganze Autorität.

Und nun? Colette war an seinen Tisch gekommen gestern Abend, um einen Schluck Wein zu trinken. Das war ewig nicht passiert. Auch sie wusste, was auf dem Spiel stand, und es war ihr nicht einerlei.

Gut, sie lebten in Zwietracht, schon lange. Aber das Beste an einem Frauenleben ist im Grunde Zoff mit einem angesehenen Mann: man hebt beleidigt die Nase und hat viel Freizeit. Nach außen ist man zudem viel selbstbewusster. Das wäre vorbei, ginge der Posten verloren. Mit einem Arsch von Mann lohnte kein Zank, man musste mit ihm auskommen – was ein ziemlich ödes Leben war. Herrje – was hatte ihn so hineingerissen? Egal und schnurz – sie sprachen wieder miteinander.

Und am Sonnabend ging's los mit dem Turnier – hinein in die fliederfarbene Bluse und die geputzten Schuhe – Kussi rechts, Kussi links und abmarschiert!

Es war ein Tag mit leicht bedecktem Himmel, die Sonne blendete nicht, und die Boule-Spieler waren ab neun Uhr ungehindert zu Gange. Jérôme, die Hände auf dem Rücken, spazierte an der Verkehrsstraße auf und ab, an der das Spielfeld endete. Das Dorf im freien Spiel der Kräfte, Stahlbälle knallten, zeichneten Gestirne in den Sand, Irrsinnige beugten sich drüber, verloren ihr Glück, fingen es wieder ein. Schön anzusehen, wie der stämmige Dachdecker Noël auf einem Bein stand – man durfte aus dem Spielkreis nämlich einen Ausfallschritt in Wurfrichtung machen, war aber verpflichtet, solange auf diesem Bein stehen zu bleiben, bis die Kugel den Boden erreicht und zur Ruhe gekommen war. Noël stand einbeinig wie ein Eiskunstläufer, die wuchtigen Beine mit den nach außen gedrehten Waden sauber gestreckt, ohne zu zittern – Jérôme spendete leisen Beifall. »Danke, Jérôme«, keuchte der Spieler. »Unter Polizeiaufsicht schaffe ich alles, wie du siehst.« Die Kugel schlug präzise ein, lag im Sand wie bewusstlos.

Am Montag darauf rief ihn sein Patron in Barjols zu sich, seine zweite Arbeitsstelle – Zement war nach Montaraux zu bringen. Das kam ein bisschen plötzlich, mitten im Turnier, aber eins war so dringend wie das andere.

Als Jérôme die Baustelle erreichte, stand Max, der Chef, neben dem ramponierten Laster, dessen Schrammen und Beulen sauber abgefegt waren. Das Beste an dem Camion war die Aufschrift an der Seitentür: *Maçonnerie générale*, Maurerarbeiten aller Art sozusagen. Max – nicht groß, einen kurz geschorenen Haarpelz auf dem Schädel – nahm Jérôme sofort beiseite und raunte, dass der eigentlich zuständige Fahrer des LKW seine Fahrerlaubnis verloren habe – »Über die Gründe will ich nicht sprechen.« Ob aber er, Jérôme, nicht so gut wie frei sei für diesen Job – er habe so etwas gehört.

»Was, Monsieur Max, haben Sie gehört?« fragte Jérôme interessiert.

»Nun, also … *alors* …« Seine Firma habe ja auch wieder eine Baustelle in Ardinoschou, eine Doppelgarage für die Feuerwehr war zu mauern, und er hatte, also Max, darüber mit dem *»responsable«* der Baukommission gesprochen und von ihm erfahren, weil der ja auch Mitglied im Gemeinderat ist, dass der Gemeinderat nächste Woche beschließen würde, den Dorfpolizisten zu entheben, also seines Postens – *alors*, dass der Bürgermeister dies im Sinne habe und sie alle zustimmen sollen und so weiter.

»Jean-Luc hat das gesagt?«

»Klar doch: Jean-Luc Armstrong, so heißt er doch?«

»Hm …«

Jean-Luc Armstrong war sogar Vorsitzender der Baumkommission. Jérôme hatte nur sehr entfernt mit dem zu tun.

Ihn kümmerte wenig, was der redete. Er starrte nachdenklich auf den Lastwagen mit der Aufschrift *Maçonnerie générale*. Von allen Arbeiten des Bauwesens beherrschte Jérôme ja, ehrlich gesprochen, nur den Transport von Material, und er fuhr gerne mit der Aufschrift herum. Max, der Unternehmer, las in seinem Gesicht: »Ich meine, ich biete dir einen Kipplader an, volltags, die Lage ist günstig.« Jérôme wollte ihn darauf hinweisen, dass er bis jetzt noch immer Polizist … Da winkte der Chef schon ab: »Du, ich will nichts wissen, mich geht das nichts an – du hast mein volles Vertrauen, nur das wollte ich sagen. Den Laster kennst du – wie fährt er denn?«

»Fährt einwandfrei, nur in der Mitte fällt der Sand durch.«

»Den hab ich Noël abgekauft, Noël Vendredi – kennst du doch!«

»Was geht mich …«

»Da ist ein Loch im Boden, ich weiß. Das Eisenblech, das liegt nur drauf, das wird aber angeschweißt, keine Sorge – das wird geschweißt.«

Jérôme gab Gas und fuhr zum Verladen. Das Laden ging gut, beim Abkippen rutschte das Eisenblech weg, viel ging daneben. Am Abend stand Jérôme wieder uniformiert am Boule-Platz, und aus dem *Café de la Réserve* kam die Wirtin Bibi gelaufen und rief ihn ans Telefon. »Monsieur le Gendarm!« rief sie. Am anderen Ende der Leitung war der Radsportverein von Lyon, der hatte Essen bestellt für fünfundvierzig (!) Personen und wollte nun wissen, ob es möglich sei, die Fahrräder für vier Stunden an die Wand zu stellen, und zwar so, dass man sie sehen konnte und ein gewisser attraktiver Eindruck entstand. Die Wirtin Bibi war sehr interessiert daran, dass dies in Ordnung ging.

»Wann genau soll dies stattfinden?« fragte Jérôme in den Hörer. Nun, der Ausflug würde am kommenden Samstag stattfinden – »und wir dachten, dass wir zwischen elf und halb zwölf …«

»Ich werde hier sein und das regeln – kein Problem.« Er legte auf und bestellte eine *Orangina.* Bibi, eine dünne Hübschheit mit grellblauen Guckern, kredenzte ihm das Glas und war ergriffen von seinem Auftritt. Er wird hier sein. Er wird das regeln. So hatte er erklärt. Und jetzt notierte er sich alles, machte ein Programm. Toll, wie seine Hand dabei zitterte.

Jérôme musste sich konzentrieren. Der Anis-Schnaps fehlte ihm. Heute ist der Elfte, da war dieser Anruf, morgen, am Zwölften, soll das Turnier schon gegen Mittag beginnen, da würde er kurz vor neun Uhr die Spielflächen kontrollieren, ob sie gefegt waren und eingerichtet – nun ja, und am Sechzehnten kamen dann die Radsportler, alles Senioren, die brauchten sogar ein wenig Betreuung, alles in Butter – aber Max, der Patron, ließ ihn arbeiten mit einem Riesenloch im Laster – wusste genau, dass die Tage des Polizisten gezählt waren …

Steif wie ein Volltrunkener marschierte Jérôme nach Hause.

Am späten Morgen des nächsten Tages betrat als erster Vater Muette den Ort des Geschehens und sah: der Platz war streifenförmig gefegt worden, man traute sich nicht draufzutreten. »Wie schön die Erde sein kann, Kinder – da seht ihr's!« Die anderen Spieler erschienen, man reckte sich, federte in den Knien. Doch dann entstand am offenen Kasten, in welchem die Kugeln lagen, lebhaftes Palaver. Man hatte die Boules dort in der Nacht abgelegt, so war es üblich, jeder hatte gewissermaßen sein Gatter für sechs bis acht Eisenbälle – aber die von zwei Spielern waren nicht mehr da, fehlten. Schon eilte Muette hinzu: Und seine? Was war mit denen? Auch weg! Im Nu versammelten sich um den langen Kasten sämtliche Teilnehmer des Spiels, und sie stellten fest: Es sind elf Kugeln verschwunden. »Jérôme! – Wo ist denn Jérôme?« Sie schickten nach ihm, und endlich kam er angelaufen, die Kaffeetasse in der Hand. Er trank im Gehen und rückte die Mütze gerade. Dann trat er an den langen Kasten, ließ sich alles zeigen, die Boxen, die Etuis, hörte zu, nickte, konnte alsbald bestätigen: ja, die betreffenden Gegenstände fehlten. Pierre Muette hatte Tränen in den Augen. Er war, wie sein Name sagt, kein Mann der Worte, aber alle wussten: Er besaß ein Etui für die schweren Perlen – aus Kirschholz, mit Samt ausgeschlagen. Das war nun leer, leer wie sein Blick auf den gefegten Sandplatz. »Und es war meine Idee!« seufzte Muette und schlug sich an den Kopf. Jérôme wusste, was er meinte. Entscheidend, bekanntlich, ist das Gewicht jeder Kugel: 660 Gramm. Auf diese Schwere hatte man sich international geeinigt; darauf war jede Boule geeicht. Einmal aber, vor acht Jahren, erwarb der Sieger des großen Preises von Ardinoschou ein *SOLO Motoculteur*-Gerät – die begehrte Gartenfräse mit Hackmessern aus Kanonenstahl und fünf Pferdestärken. Und dann wog doch einer die Spielkugeln des Gewinners nach, legte sie auf die Baby-Waage und siehe: sie waren leichter als die anderen, nicht einmal 500 Gramm schwer, obgleich von gleichem Durchmesser wie die anderen, nämlich 70,5 Millimeter. Eine Legierung mit irgendeinem Leichtmetall.

Streit und Misstrauen sind nicht schön, sie zerstören die Atmosphäre; also wurden fortan die Wurfgeschosse vor dem Turnier geprüft und nicht mit nach Hause genommen. Auf Vorschlag von Muette wurden sie für die Spielzeit in den offenen Kasten gelegt, »Spiel ist Spiel und Gramm ist Gramm« – so die Begründung. Aber nun hatte man die Bescherung: Es fehlten nicht nur einige Gramm, es fehlten ganze Geschöpfe, waren offenbar, man muss es so sagen, entwendet worden. Scheußlich. Mal abgesehen, dass sie einiges Geld wert waren, man hing ja an den von Menschenhand gewärmten Erzen. Der Vorteil für die Wirtin Bibi war, dass erst einmal alle einen Pastis tranken. Und dann blieben die Augen der Männer an Jérôme hängen, der unwillkürlich das Koppel zurechtrückte. Und der in diesem Augenblick wusste, dass er nicht abgesetzt, sondern ein angesehener Beamter war. Diebe bedrohten die Dorfgemeinschaft.

Und das hieß, dass Jérôme den Lastwagen von der *Maçonnerie générale* nicht übernehmen konnte, also nicht ganztags. Anders gesagt: Jérôme Laskar spürte deutlich, dass sein Lebenslauf kein abgeschlossener Vorgang war. Dass noch viel in ihm steckte. Äußern wollte er sich zu dem konkreten Vorfall noch nicht. Er schickte jemanden zum Gemeindebüro hinauf – um den Bürgermeister zu holen. Damit der sah, was los war. Aber Ernest Charmasson war noch nicht eingetroffen, Christine, die Sekretärin, trat oben ans Fenster und wies in Richtung Kirche: dort kam der Chef gerade die Dorfstraße herauf und hob beschwichtigend die Hände, ohne zu wissen, was passiert war. Das tat er immer, das war sein Führungsstil. Weil, dazu musste man wissen: Das Domizil des Meisters lag hinter dem Dorf, unterhalb eines hohen Felsens, und war eine Besonderheit menschlichen Daseins. Erst gegen zehn Uhr ließ das steinige Massiv nämlich die Sonne hervortreten. Der Morgen nahm kein Ende, die Familie trank erst spät ihren Kaffee – und auf der kühlen Wiese lagerte eine Herde von etwa dreihundert Schafen geduldig am Boden, bis die Sonne oben war. Sie starrten einen allesamt durstig an, wenn man zu Fuß nach Montaraux ging, gaben aber, weil sie erzogen waren, vor elf Uhr keinen Laut von sich. Will besagen: Für Charmasson begann Frankreich immer zwei Stunden später – wegen des hohen Felsens. Übereilte Entscheidungen waren daher nicht möglich; die Ereignisse im Ort hatten jeden Morgen den Vorrang – kam Ernest endlich den Weg hinauf, dann war alles schon passiert, und er hob besänftigend die Hände, egal warum. Auch jetzt blieb er mit unterdrücktem Keuchen stehen: »Was guckt ihr denn?« Es war Jérôme, der nunmehr, wie eine Herausforderung, auf ihn zutrat und mitteilte: »Elf Kugeln fehlen – wahrscheinlich Diebstahl.«

Während er dies meldete, hielt er die Hand an die Mütze, schwankte nicht, diente der Obrigkeit. Charmasson erbleichte, blickte aber seelenlos über den Polizisten hinweg. Schließlich sagte er zu allen anderen, die hier standen: »Wir regeln das, bleibt ruhig!«

Im Gemeindehaus befanden sich in einem Extra-Spind noch einige Kästen mit Spielkugeln für Volksfeste, an denen auch Fremde oder Mittellose teilnehmen konnten, so eine Art Sozialkugeln – an diese dachte er jetzt.

Er rief Christine ans Fenster, und nicht lange, dann kam einer und brachte ein Dutzend eiserner Kugeln hinab.

»Los, macht weiter, haltet euch nicht auf!« rief der Schulte. Er selber müsse, erklärte er den Leuten, leider weiter: Lämmer für die Schlachtung freigeben. Der Bauer lebte von

Schlachtfleisch, Käse und Olivenanbau. Viele kauften auch Tiermist für ihre Gärten bei ihm. Als Bürgermeister von Ardinoschou war er also, genau wie sein Polizist Laskar, nur eine Teilzeitkraft – und er hatte die Meldung des Beamten Laskar nur einfach entgegengenommen, mehr Zeit war eben nicht.

Nun denn, die Spieler gruppierten sich neu, Muette bekam sechs Gemeindekugeln und presste stumm die Lippen zusammen, der Polizist sah den weiteren Würfen diszipliniert zu, die Hände auf dem Rücken. Das Leben pulsierte wieder. Es gehörte zum Spiel auch, dass man mit seinem Wurf die liegende Kugel des Gegenspielers traf und wegstieß, also ihren Abstand von der kleinen Spielkugel aus Holz – dem Schweinchen – vergrößerte, wodurch dem anderen Kämpfer Punkte verlorengingen. Ein solcher Volltreffer gelang am Abend, so gegen zwanzig Uhr, dem Artisten Noël, der seine kompakte Muskulatur nicht nur in der Waagerechten halten konnte – wie wir gesehen haben – zugleich ließ er die Kugel aus dem hängenden Händchen in eine Parabel hinaufsteigen, wo sie dann – hoch oben auf dem geometrischen Extremwert! – stehen blieb, um, nach einem kurzen Nachdenken, steil nach unten zu plumpsen, exakt auf die liegende Boule von Vater Muette – und zwar nicht voll drauf, sondern scharf die Seite tangierend, was zur Folge hatte, dass die Getroffene jäh wegsprang, weit hinaus, bis auf die Verkehrsader des Ortes, wo sie langsam ausrollte und den Geist aufgab …

Der Polizist Jérôme eilte steifbeinig hinzu, weil sich gerade ein Kleinbus näherte – und hob gebieterisch den Arm. Er rührte die Kugel nicht an, stellte sich nur schützend davor, sperrte ab – danach eilten, mit überhitzten Gesichtern, die Spieler herbei, bildeten ein Gremium, taxierten die Entfernung, stellten fest: ja, die Kugel ist »ersoffen« – *la boule est noyée.* Dem Alten tat dieser Tag sehr weh, er sprach kein Wort mehr …

Muette, ein langer, krummer Kerl mit Pferdemähne, hielt sich gerne im Dorf auf; nun wusste er nicht weiter. Als seine Frau Caroll noch lebte, waren Flur und Küche ständig *occupés* von Leuten, die mit ihr laut und endlos schwatzten, ein *régime de terreur*, das ihn herzkrank machte. Caroll schnatterte ohne anzuhalten, bis sie tot war. Als der Priester die Grabrede hielt, sprach er immer schneller, weil er Angst hatte, sie könnte ihn unterbrechen.

Jetzt läuft Muette immer noch ins Dorf, damit niemand zu ihm kommt und quatscht; er hat genug. Hinter fast haushohen Zypressen, so wusste nur Laskar, hielt er ein Schwimmbecken versteckt. Nicht unmäßig lebhaft, eher verstohlen, zog er dort morgens seine Bahnen, danach spazierte er mit langen Beinen los und sah sich neugierig um, damit ihm keiner was erzählen musste. Er begriff heute schnell, dass er viele Punkte verloren hatte, sah aber Noël nur kurz an und nahm die Kugel vom Asphalt. Jérôme gab die Straße frei, indem er die Arme nun seitlich hielt; das Fahrzeug mit acht Personen passierte ergriffen. Keiner sah, dass dem strengen Ordner die Lippen bebten. Eine Gemeinderatssitzung war angesagt – es drohte seine Amtsenthebung – so viel wusste er seit Tagen. Und jetzt? Diebe bedrohen das Dorf! Ernest wusste Bescheid, Jérôme hatte ihm Meldung gemacht – aber er hatte ihn nicht einmal angesehen, den Wachhabenden, kein Wort mit ihm gesprochen. Er hatte die fehlenden Kugeln ersetzt und fertig.

Jérômes Rücken kribbelt und verkrampft sich, er braucht jetzt dringend einen Pastis. Mit wenig Eis. Und dann noch zwei davon. Mal angenommen, die elf Kugeln würden sich plötzlich anfinden, die wären morgen früh wieder da. Lägen dort auf der langen Kiste in Reihe und Glied! Klar, dann konnten die im Wappensaal so gegen Mittag das Ende seiner Laufbahn beschließen. Er sah Bibi drüben am Tresen, sie goss *Ricard* ein und stellte Wasser dazu, *Ricard* ist glatt an den Zähnen und fließt wie Gottes Segen. Jérôme schritt zielbewusst auf Bibi zu – aber es kam schon wieder ein Bus und den wies er an, langsam zu fahren, und er gelangte nicht bis zu Bibi, und morgen war der Kopf ab …

Nein, war nicht ab. Am nächsten Morgen fehlten wieder fünf Kugeln – fünf! Habt ihr das alle gehört, Leute!? Was hier, kriminell, vor sich geht, sieht gezielt aus. Es ist der Anfang von Organisiertheit. Ardinoschou befindet sich im Fadenkreuz einer breit gefächerten Bande. Zunächst tuschelten nur die Boule-Spieler, dann sprach das ganze Dorf davon. Schließlich ging die Angst um. Und was taten sie alle – ohne Ausnahme? Sie sahen Jérôme an. Jérôme war nicht mehr nur Fahnenhalter, ein Sonntagsgehilfe. Der Gatte der zierlichen Colette hörte sich die Befürchtungen an und überlegte wie ein Berufspolizist. Er hob den Kopf wie ein Offizier. Sollte man, fragte einer vorsichtig, den langen Kasten, den Schweinetrog, nicht besser verschließen? Jérôme schritt auf und ab, und spürte eindeutig: Die größte Gefahr für sein Leben bestand im Nachlassen der Gefahr. Er schob seine Mütze in den Nacken und fragte laut: Zuschließen? Versperren? Das riesige Verdeck auf den Schrein montieren und Vorhängeschlösser dazu? Was war damit aufgeklärt? Man würde nie erfahren, was hier geschehen ist – in Ardinoschou – im Jahre Zehn! – Nein, das übliche Leben, erklärte ihnen Jérôme, müsse unauffällig weitergehen – die Täter hatten ja Blut geleckt! Jetzt begann die Weltgeschichte, die lautlose, verdeckte Bewusstheit! Alle nickten und waren begeistert.

Da sah er, dass der Bürgermeister auf der Freitreppe stand und ihm zuhörte. Er widersprach ihm nicht, er schien ergriffen. Auch als Jérôme laut davon redete, dass man ihm, dem Dorfpolizisten, voll vertrauen könne – hätte er beinahe genickt. Nur als Jérôme die Notwendigkeit einer Dienstwaffe ansprach, rannte Charmasson ins Gebäude und rückte weitere Kugeln heraus. »Tragt euch ein und gut. Locker bleiben!« Er wieherte so sorglos wie ein Fohlen im Gras. Nicole sah Christine an: Was war los mit dem? Na, schön, die Männer spielten wieder.

Während dessen starrte Jérôme auf die Feldsteinmauer, die den Dorfplatz rechts begrenzte. Sein Blick hielt sich an schweren Steinen fest, die nach oben führten. Hinter dieser Mauer, wohl vier Meter höher als der Festplatz, war das Gelände mit Erde aufgefüllt. Ein alter Weinberg, der die Straße wegdrücken wollte, war auf diese Weise abgefangen worden. Gleich hinter den Mauersims, zu dem Laskar hinaufsah, waren Buchsbaum-Sträucher gesetzt worden, damit man nicht aus Versehen weiterlief und herunterstürzte – und während Ernest makaber lachte, fiel Jérôme eine Maßnahme ein …

Als die Nacht anbricht, ist er dort oben und nimmt hinter einem dicken Strauch Platz. Einen Ledermantel über der Montur und einen Flachmann mit Kräuterschnaps in der Tasche, wartet er die Stille ab. Schließlich schlafen alle, und es bellt auch kein Hund mehr. Das ist so wunderbar!

Das Gesicht erlebt eine weiche Abendkühle, die Augen ein sterbendes Lavendelblau. Mit Worten ist das nicht auszudrücken, aber alle seine Sinne spüren, was jetzt geschieht: Ardinoschou breitet sich über die Menschheit, deckt sie zu …

Der Mann legt den Kopf auf die Knie, er sieht aus der Schräge die abgezirkelten Kreise im Sand, die aufgestapelten Sitzbänke rechts am Platz, wo sich durchaus einer versteckt halten und dann herankriechen konnte. Auch das Kriegerdenkmal mit dem kleinen Eisenzaun ist ein Versteck, notfalls – es stellte einen Soldaten dar in voller Ausrüstung: Ranzen, Spaten und Gewehr, den Stahlhelm weit über die Augen, alles in Stein gehauen. Und was denkt er? Ein Krieger denkt nicht, ein Krieger hat Angst. Er wittert, wie Jérôme, die Gefahr. Ja, von Umrissen im Dunkel geht immer schlimmste Gefahr aus. Das Auge des Soldaten durchdringt die Nacht, es trotzt dem Lavendelnebel, spürt den Feind. Jérôme hüllt sich in die Bedrohung, genießt die Wärme des Entsetzens: er eröffnet das Feuer, er siegt, steigt auf zum Polizeipräfekt – schläft …

Etwas später winselt der Hund. Der Dorfpolizist hebt den Kopf und sieht ein Auto, einen blauen Honda-CRV mit Hänger vor dem *Café de la Réserve* stehen. Zwei junge Männer steigen aus in straffen Jeanshosen und Turnhemden, die Schultern braun wie Kastanien. Der eine lugt durch die Scheibe ins Café, ob da vielleicht noch Leben sei – der andere schlurkst zur Spielfläche, federt in den Beinen und sieht umher. Er blickt auch ins Gatter mit den Boule-Kugeln, hebt wieder den Kopf – dann interessiert ihn das eiserne Geländer um das Kriegerdenkmal herum, eine Kunstschmiedearbeit mit einem besonders schönen Türchen. Er rüttelt an den dicken Ringen, die die Oberkante zieren – das Gitter wackelt bedenklich. Nun steigt die Person, so notiert der Polizist, am Café wieder in den Wagen, lässt den Motor an, fährt ein Stück vor, der Bursche am Gitter springt mit rein. Dann verlässt das Fahrzeug sehr langsam das Dorf. Aus dem

Hänger ragen zwei gedrehte Eisenstangen. Als die Fremden verschwunden sind, flattern oben im Turm der *Mairie* zwei Tauben auf. In der Ferne brummt ein Flugzeug. Ende des Protokolls.

Jérôme reckte die Arme. Dann nahm er sie schnell wieder runter: dort kam jemand! Den hätte er bald gar nicht bemerkt. Jérôme bohrte den Blick durch die Kastanienzweige – dann sah er: es schritt einer die Straße herauf, langsam und eher leise, ein untersetzter Kerl auf festen Beinen. Als er nahe genug heran war, sah Jérôme, dass es sich um Noël handelte – der mit der schönen Waagerechten im Ausfallschritt, wenn er die Kugel warf. Er trug jetzt dunkle lange Hosen und eine graue Stoffmütze, die Schuhe waren so gut geputzt, dass sie bis zu Jérôme hinaufleuchteten. Die eine Hand in der Hosentasche, schlenderte er jetzt den Weg hinauf, lief am Festplatz entlang und bog dann, in Höhe des Denkmals, links ein, blieb auf dem Platz stehen, besah sich die Spielfläche. Sann er sich in das morgige Spiel hinein, in eine raffinierte Variante? Nein, er schlenderte weiter, die Schritte wirkten ziellos – und endeten doch haargenau vor dem langen Kugel-Trog. Hier blieb Noël stehen und blickte hinein. Und Jérôme, der zusah, stockte der Atem. Noël bewegte sich seitwärts und sah auf die Eisenkugeln hinab. Er zog immer wieder das rechte Bein ans linke heran, schritt seitwärts, sah aufmerksam hinein. Jetzt beugte er sich ein wenig vor, und Jérôme konnte nicht erkennen, was er tat – er hatte ihm den Rücken zugedreht, auch war es zu dunkel. Griff er hinein in den Kasten? Nein, er guckte nur – oder was? Jedenfalls verharrte er in dieser Stellung. Dann aber, als fühle er sich beobachtet, hob er den Kopf und marschierte einfach weg vom

Trog, in die andere Richtung. Nach ein paar Schritten, die Hände auf dem Rücken, blieb er noch einmal stehen, überprüfte den Platz, und als er nichts Auffälliges bemerkte, zog er ziemlich forsch davon. Am *Café de la Réserve* lief er etwas geduckt, verschwand dann im Dunkel, aber eindeutig in Richtung »Altstadt« – Jérôme sah nur von weitem, wie er das Tor erreichte, den uralten Mauerbogen. Wollte man hindurch, waren drei Stufen hinauf und drei wieder hinunter zu steigen – während Blümchen herauswuchsen aus dem Gestein. Da Jérôme den Verdächtigen nicht mehr ausmachen konnte, musste er wohl durch den *arc* hindurch sein. Dieser Teil von Ardinoschou, hinter dem Tor, bestand aus mittelalterlichen Gassen mit sehr engen Steinhäusern, die alle tadellos gepflegt waren, bis in drei Etagen hinauf. Kleine Wohnungen wie Verliese, die Stuben übereinander, krumme Treppen aus weißem Gestein, verwachsene Balken an den Decken, Pflanzen in den Fenstern. Die Außenwände waren, vom Keller bis zum Dach, mit Stromkabeln und Abwasserrohren geschmückt, immer drauf auf's Mittelalter – für Klosetts und Fernseher. Und in den Gassen überall Lampen oder Laternen.

Schon hatte, im fixen Schleichgang, auch der Polizist das Steintor erreicht, durch das Noël hindurch war – nun spähte er aus einer Nische des Gemäuers in die schwarzen Gänge. Aber nichts. Irgendeine Tür, ein Keller, musste ihn verschluckt haben. Da – der Schall von Schritten aus der einen Gasse!

Sie führte steil nach oben, das war die *Rue Mirabeau*. Er hielt inne und lauschte, aber kein Laut war mehr zu hören, vorbei. Jérôme lief weiter: Am Ende der *Mirabeau* stand ein fast stattliches Gebäude aus geschnittenen Felssteinen, mit akkurat gleich großen Fenstern und einer künstlerisch beschlagenen Holztür. Es bildete das Ende der spitzen Südseite von Ardinoschou, dahinter ging es steil hinab, der Blick verlor sich im weiten Tal, das sich hinzog bis Saint-Lourant, wo diese Geschichte ihren Anfang nahm – wie wir uns erinnern.

Na, gut – der Polizist Laskar wusste natürlich, dass in diesem Haus Madame Lucia Morelle wohnte, eine blassrote Schönheit mit einem starken Talent zur Güte. Eine Dame von Welt mit eigenen Büchern. Ihr Mann war vor fünf Jahren mit dem Flugzeug abgestürzt, einem Flugzeug, das Wasser vom Lac St. Croix zu den brennenden Wäldern von Hyères brachte.

Seitdem lebte Lucia alleine in dem Haus. Jérôme nahm nicht an, dass sich Noël etwa dort drin befand. Es war auch nicht seine Aufgabe herauszufinden, ob er überhaupt in einem dieser alten Steinbauten hier verschwunden war, das ging ihn nichts an. Er musste lediglich einen Verdacht aus der Welt räumen, dass nämlich Noël eventuell vielleicht für die Entwendung von Boulespiel-Kugeln infrage kam. Und wenn ja, dann trug er die schweren Dinger nicht weg wie Papierservietten, man schleppte daran, und sie beulten, und um so eine Gestalt zu sehen, zu erkennen, wahrzunehmen – war Laskar hinterhergelaufen. Nur insofern die Verfolgung. Aber die Gestalt, die er im Auge hatte, war wie ein Schatten weggetaucht.

Der Mond kroch jetzt über den Dachfirst des Hauses von Madame Morelle und warf einen grellen Schein in die Gasse, lieferte sie dem gierigen Blick Jérômes aus. Eine Katze, eine schwarze natürlich, schnellte von rechts nach links in ein Kellerloch, ein Hund schlug zaghaft an. Oben aus einem offenen Fenster über Jérôme drang der Gesang von *Serge*

Lama in die Nacht, ein Abwasserrohr röchelte dazu wie ein Kranker unter der Bettdecke. Von dem mutmaßlichen Dieb keine Spur.

Der Gendarm war schon einmal hier gewesen, gestand er sich ein – am späten Abend war das; er war hier langspaziert, auf Streife natürlich, und da hatte das hellrote Haar der Dame Lucia dort oben am Fenster geleuchtet. Und er hatte gegrüßt, mehr so nebenher, bewusst gleichgültig. Weil seine Colette nicht mit ihm sprach, musste das noch kein Grund sein, mit anderen Damen in Kontakt zu treten. Lucia hatte ja auch nur zurückgegrüßt, mit dem Finger, gütig, aber korrekt – und gut. Heute war sie nicht zu sehen – und Noël, der …

Wer war Noël denn? Ein artistischer Kugelwerfer, im beruflichen Leben Dachdecker; er wohnte am anderen Ende von Ardinoschou und steckte in guten Verhältnissen. Seine Frau arbeitete in der Apotheke von Salernes, konnte lateinisch und fuhr einen Mercedes. Sie hatten ein größeres Haus selber gebaut, mit zwei Garagen und einem Anbau für die Schwiegereltern, die wohl das Land und einiges Geld für den Bau gestiftet hatten. Aber auch Noël hatte wohl Besitz mitgebracht – so wurde erzählt. Sein Vater war nämlich Kulturangestellter an der Côte d'Azur gewesen, und eines Tages schloss Noël sein Geschäft und fuhr ans Meer, um den Alten in Ruhe zu beerben. Also: weshalb dieser Mann Eisenkugeln stehlen sollte, war ein einziges Rätsel. Schön, im »Täterbereich«, wie sich das ja nannte, gab es immer wieder auch Ungereimtheiten, Dinge, die nicht logisch waren; jedem Polizisten sind hier beim Denken Grenzen gesetzt, am besten, er hält sich an die Indizien. Soweit die Überlegungen.

Ansonsten rührte sich nichts, und Jérôme marschierte ins Dorf zurück. Nicht lange und er erreichte das Licht der ersten Laterne. Doch dann schob ihm der dampfende Verdon ganz plötzlich eine Nebelwand in den Weg, Ardinoschou verschwand vor seinen Augen – nur in Richtung Bibi, also etwa dort, sah er das Licht eines Fensters. Er hielt darauf zu, tastete sich an die Scheibe heran und erkannte die Wirtin und ihren Mann Serge, die beide am Tisch saßen und frühstückten. Serge wollte mal wieder auf den Fischmarkt nach Marseille; die beiden aßen nur Wildschwein oder Fisch. Die Wildschweine schoss der Gatte, den Fisch fing er im Fluss oder kaufte ihn im Hafen. Als Jérôme vorsichtig grüßte, wurde ihm ein Kaffee angeboten, den trank er und hinterher noch einen – bald kamen dann, kaum dass Serge losgefahren war, die ersten Enthusiasten auf den Platz, tranken auch noch was, gingen auf den Sand zu wie zur Arbeit und stellten im Morgengrauen fest, dass wieder vier Kugeln fehlten – kein Witz!

Jérôme schleppte sich nach Hause – die anstrengende Nacht war sinnlos gewesen, war ihm regelrecht zerlaufen. Er legte sich wieder schlafen – auf seine Chaise mit Ausblick. Von Colette war nichts zu hören im Haus, nur ein Siebenschläfer knabberte im Dach.

Dies Domizil war früher ein Geräteschuppen, gemauert aus Felsenstücken, und lag schräg an einem Weinberg auf steinigem Boden. Saisonarbeiter hatten sich hier früher untergestellt; der lehmige Ton der Dachziegel war auf dem Oberschenkel geformt worden und ließ Sonne und Regen geschickt abprallen. Die süd-westliche Seite, die früher offen war, bot heute Platz für ein Panorama-Fenster, zwei Meter davon ab stand Jérômes bequeme Chaise: ein hochgedrehter Kippsessel, durch einen Tisch verlängert, mit einer Matratze obendrauf. Auf diesem Plateau lag jetzt Jérôme, im Arm eine bezogene Wolldecke und schaute auf die versteppte Wiese hinaus, die sich nur Wacholderbüsche und ein paar Forsythien leisten konnte. Links neben Jérôme befand sich ein offener Kamin, gleich dahinter eine Eisenluke nach draußen, dort lag ab Herbst Kaminholz bereit, man musste es nur durch das Loch auf's Feuer ziehen. Auf der Wand gegenüber hing ein Ölbild vom verstorbenen Sohn Fabrice, Colette hatte es nach einer Fotografie malen lassen. Sie arbeitete zweimal die Woche im Kindergarten, einen vollen Tag wienerte sie die Villa eines Holländers, eines Großhändlers aus Amsterdam. Dort war sie heute, und hatte das Auto genommen; das Anwesen lag weit außerhalb in Richtung Alpen. Beim Einschlafen sann Jérôme darüber nach, dass er momentan ein eigenartiges Leben führte, und zwar deshalb, weil er es plötzlich verteidigen musste …

Als der Polizist wach wurde, war es schon fast Abend, und er sah, dass seine Frau zurück war und die Bestandteile seiner Uniform – die Bluse, die Mütze, das Koppel – auf einem Stuhl behutsam ordnete, als ob heute Inspektion sei. Dann setzte sie sich zu ihm, an die *chaise avec vue*. Das hatte sie lange nicht getan. Und sie sprach: »Du musst es ihnen zeigen, Jérôme.«

»Darauf kannst du dich verlassen, Colette«, antwortete er, denn wenn sie wieder mit ihm sprach, dann musste er auf jeden Fall Polizist bleiben, das war damit gemeint. Sein Leben an ihrer Seite wäre ohne dieses Amt wie der Laster der *Maçonnerie*: im Boden ein großes Loch.

Sie legte ihre Hand neben seine, was ihn sehr bewegte. Er wusste nicht, was er sagen sollte, weil das Ereignis so überraschend eintrat. Nach einer Weile kam ihm in den Sinn: »Weißt du noch, als wir in Sizilien waren?«

Einmal, vor Jahren, waren sie für eine Woche in Sizilien, es konnte sogar sein, dass sie dort den Sohn zeugten, der nun nicht mehr war.

»Natürlich weiß ich das«, sagte sie.

»Werde nie vergessen, wie wir in Syrakus waren«, fuhr er fort, »und uns die große Stierkampfarena ansehen wollten.«

»Ja, das wollten wir!« Sie lachte warm.

»Aber dann war alles abgesperrt, wir konnten nicht mal in die Nähe des Stadions, weißt du noch?«

»Aber ja.«

»Und ich fragte: was ist denn los? Und da sagten sie: Sie können jetzt nicht durch! Sinatra ist in der Arena – er singt.«

»Und da ließen sie uns nicht durch.«

»War das schön, Colette. – Syrakus! Und Frank Sinatra war da – ich werde es nie vergessen.«

»Ich auch nicht …«

Er ließ sich nach hinten fallen, sah durch die Zimmerdecke hindurch.

»Mein Traum: Sinatra singt und ich mache die Absperrung«, raunte er. »Deine Worte in Gottes Ohr!« Colette lachte kollernd. Er sah nicht, wie ihre Augen plötzlich stehen blieben und starrten.

Jérôme ging an diesem Abend nicht mehr auf den Boule-Platz. Der Wettkampf, so hörte er am nächsten Tag, war bis dreiundzwanzig Uhr gegangen, und es fehlte am Morgen weiter keine Kugel – es herrschte Ruhe … Dann kam der Sonnabend heran, an dem die Radsportler aus Lyon eintreffen wollten, und der Polizist Laskar stand bereit, den Damen und Herren beim akkuraten Abstellen der Räder zu helfen. Zu erwarten waren sie erst gegen zehn Uhr – doch schon um sieben in der Früh, Jérôme wärmte sich noch unter der Dusche, klopfte es heftig an die Tür und draußen stand der abgehetzte Bruno, der Sohn des Pumpenwarts, also »Brünô«. Der Vater schicke ihn, weil er selber von der Anlage nicht weg könne, es ging um den allgemeinen Wasserdruck. Bruno war etwa sechzehn und sah im Gesicht aus wie ein sanftes Mädchen mit Barthaaren über der Lippe, er fuhr ein schrecklich laut knatterndes Moped, das hatte er aber vorher ausgemacht und bis vor‘s Haus geschoben. Jérôme, ein Handtuch um die Lenden, eilte zurück zur Dusche und drehte sie auf:

ja, das Wasser lief nur spärlich. »Der ist ziemlich schwach, der Druck«, rief er dem Jungen zu, denn Bruno war etwas gehemmt beim Reden. »Ge… genau!«, sagte Bruno erleichtert. Und er solle eben Bescheid sagen, dass dies bis morgen mittag so bleibe. Ein Ventil werde ausgewechselt. »Nur bis morgen Mittag – bestimmt nicht länger …«, erklärte Bruno.

»Gut, es läuft ja noch was raus.«

»Ja, läuft. Aber kein Druck – bis morgen Mittag, weil …«

»*D'accord*. Das war's, Bruno?«

Nein, Bruno hat noch was. Und zwar: Er war in Lorgues gestern, auf dem Markt, also gestern – donnerstags war ja immer Markt in Lorgues und er hatte sich hinbegeben, um zu gucken, was es für Turnschuhe gab, er brauchte ein paar neue. Er zeigte Jérôme die alten, die er trug, hob das Bein hoch, da sah man, dass die völlig abgeledert waren.

»Na, ja …« Und dann sah er, dass da einer, also zwei Stände weiter, dass da einer einen Satz Boule-Kugeln verkaufte, an einen Tunesier, der so ziemlich alles kaufte und verkaufte, auch Kugeln …

»Ach, ja. – Und wer war das, der sie verkaufte?«

Also, nach Brunos Meinung war es Noël. Er zeigte dem Tunesier erst den einen Satz und als sie sich einig waren, noch einen – also zwölf Stück im Ganzen – die lagen ja dann alle auf dem Tisch und er, Bruno, war so erschrocken, dass er lieber davonlief – aber sein Vater meinte, er solle Jérôme Bescheid sagen …

»Was Bescheid sagen? Dass der Wasserdruck bis morgen Mittag …«

»Ge.., genau …«

»Gut, ich danke dir«, sagte Jérôme. »Und grüße *papou* von mir.«

Es gehörte sich nicht, Einwohner festzulegen auf bestimmte Äußerungen. »Hinweise nimmt jede Polizeidienststelle entgegen.« Es ging um Hinweise, um Eindrücke – nicht um eine Anzeige …

Jérôme duschte umständlich, spülte die Seife lange ab, weil das Wasser wirklich nur sehr schwach lief, dann trank er Kaffee und aß einen Croissant, zog sich an, bürstete die Polizeimütze, stellte sich vor den Spiegel und setzte sie auf – er sah vor sich eine reinliche, korrekte Erscheinung. Nun trat er vor die Tür, warf einen zackigen Blick auf die Uhr und stellte fest, dass es schon kurz vor zehn Uhr war, und als Colette aus dem Hause herausrief, was denn Bruno gewollt habe, antwortete er: »Der Wasserdruck bleibt so niedrig – bis morgen Mittag.«

Dann marschierte er los, rechtschaffen und nicht beeinflussbar. Mein Gott ja: vor dem *Café de la Réserve* standen sie schon, die Champions des Asphalts! Sehr braune, abgemagerte Männer in farbigem Zubehör und stämmige Frauen mit roten Indianergesichtern – eine jede an ihr Rad gelehnt – an die vierzig Sportskanonen. Und daneben – wer stand daneben? Daneben stand Noël mit seinem Toyota-Pickup, er hatte drei von den Gästen den Berg heraufgebracht, weil sie auf den steilen Serpentinen schlapp machten, jetzt lachten sie verschämt. Sie alle hatten die Gegend unterschätzt. Die eine, in einer Batikbluse, hatte hübsche stramme Waden, aber die taten ihr weh, und sie starrte Noël so eindringlich an, als ob der sie jeden Augenblick erkennen müsste. Aber Noël lud nur die Räder ab, und Bibi brachte Wasserflaschen. Vater Muette lächelte über die Fremden, weil sie irritiert guckten, er machte ihnen Mut: »Es scheint hier dieselbe Sonne wie in Saint-Tropez!«

Gerade erreichte der Bürgermeister, wieder spät von seinem Felsen kommend, das Gemeindehaus, war erstaunt über das bunte Papageiengewirr, hob aber instinktiv die Hände und wandte sich den Fremden zu.

Kein anderer als Noël, kaum zu glauben, erklärte ihm, dass es sich um eine angemeldete Menschengruppe handele, die hier essen und sich den Ort ansehen werde. »Aah-ja … !« Charmasson hieß sie willkommen. Die mit der flotten Bluse und den festen Beinen, so erfuhr der *Monsieur le Maire*, betreue die Meute und sei eine Malerin. Sie kam aus Tourtour, ganz in der Nähe, und berichtete, dass viele Radfahrer die Kunst lieben.

Und Noël fügte gönnerhaft hinzu: »Aber auch für Essen ist gesorgt.«

Der Dorfpolizist Laskar, der mit den Sportlern die ganze Sache vereinbart hatte – stand da wie ein Esel. Konnte sein, dass sie ihn gleich baten, aus dem Wege zu gehen, weil die Tische gedeckt wurden. Schon fasste ihn Ernest ins Auge, um zu fragen: »Jérôme, gibt es irgendwas Besonderes?«

»Nein.«

»Und was machst du hier?«

»Ich arbeite an der Aufklärung dieser Diebstahlsache.«

»Sind wieder Kugeln verschwunden?« Charmasson hob drohend das Kinn.

»Nein, heute nicht«, sagte Bibi, die ihm einen Espresso brachte. Der Bürgermeister bedachte Jérôme mit einem Seufzer, und Noël stand dabei und griente nett.

Die Malerin mit der Bluse sah Noël an, wie einen vertrauten Bekannten, obwohl der sie kaum beachtete – er war heute richtig abgehoben, fand Jérôme. Als die Sportler dann wirklich ins Café drängten, um ihr Essen einzunehmen, sagte Jérôme laut zu Noël: »Noël, ich hätte dich gerne mal gesprochen.«

»Mich?« Noël war erstaunt – der Bürgermeister ebenfalls.

»Wie wär's mit einem Spaziergang?« fragte der Polizist.

»Nun, ich wollte eigentlich jetzt …«

»Er muss sich doch um die Touristen kümmern!« griff Charmasson ein.

Er fand es nicht angebracht, dass der Polizist sich hier aufspielte.

»Schon gut, Ernest«, tröstete ihn Noël und ging mit Jérôme zur Seite; worauf der Bürgermeister sich eben selber der Gäste annahm, ihnen sogar die Stühle zurechtrückte.

Die beiden Männer waren ein kleines Stück die Dorfstraße hinunter gegangen, da fragte Jérôme ziemlich laut: »Noël, was hast du in der Nacht von Mittwoch zu Donnerstag hier gemacht?« Er wies auf den Platz mit dem Boule-Kasten. Noël stutzte kurz und schritt dann angeekelt zu seinem Pickup, während Jérôme hinterher rief: »Ich muss das fragen, weil ich einen Verdacht habe, weißt du.«

Noël erreichte seinen Wagen und stieg hinauf, dann gab er Jérôme ein Zeichen, ebenfalls einzusteigen. Der Polizist beguckte sich das Auto, als müsse er prüfen, ob es auch verkehrstüchtig sei, dann stieg er ein. Noël fuhr empört los, wohl in Richtung Altstadt.

»Du weißt doch hoffentlich, was du sagst, Jérôme?« so rief er. Jérôme zog seinen Notizblock, um noch dienstlicher zu wirken, er las sogar darin. Noël erreichte einen Feldweg und hielt an: »Also?«

Jérôme steckte sein Buch wieder ein: »Was ich gesehen habe, habe ich gesehen, Noël. Ich war dort auf der Mauer, und du kamst gegen zwei Uhr nachts auf den Platz, bist an den langen Kasten getreten, den Kugeltrog, wie wir ihn nennen – und hast dir ein paar Kugel herausgenommen. Dann bist du in das alte Viertel gegangen, und ich bin dir gefolgt.«

»Du bist mir gefolgt?«

»Siehst du, soweit sind wir uns also einig: Du hast die Kugeln entwendet.« Das war zu viel! Noël stieg aus. Jérôme ebenfalls.

»Bist du noch bei Verstand, *camarade*?« begann Noël.

»Ja, ich bin hier entlang geschlendert, und hab' auch in den Kasten geschaut, wollte sehen, ob was fehlt – und bin dann mal hinauf ins alte Viertel. Wen geht das was an?« Er starrt Jérôme plötzlich scharf an: »Sag mal, du glaubst doch nicht wirklich, dass ich …, … ich bin Favorit beim Turnier, ich spiele um kein Geld, ich spiele um meine Ehre – und da kommst du … Was soll ich mit den Kugeln?«

»Sie verkaufen«, konterte Laskar. »Sagen wir: auf dem Markt in Lorgues.« Noël versteinerte, er sah aus wie ein versteinerter … also wie ein versteinerter Verbrecher. Aus seinem Schädel drang das Knistern von über hundert Drähten. Wieder liefen sie ein Stück. Dann erst legte Noël den schweren steinernen Arm Laskar auf die Schulter, und man hörte seine leise Stimme: »Jérôme, ich bin hier geboren – und du auch. Warum sagst du so etwas?« Der Polizist schlug die Augen nieder – es war ihm jetzt in der Tat unangenehm. Noël war zur Schulzeit der Drängler gewesen, der an alles heranwollte. »Noël kann alles«, hieß es immer wieder. Jetzt sah er Jérôme in die Augen und weinte fast: »Wir beide waren nie weggegangen von hier, wir …«

»Du schon«, sagte Jérôme, aber mehr aus Verlegenheit.

»Mann, das war ein halbes Jahr, aus familiären Gründen.

Hat die Demoiselle was gesagt dazu?«

»Welche …?«

»Schon gut.«

Jérôme ließ sich nicht auf Nebengeleise führen. »Ja oder nein?« fragte er den Tatverdächtigen.

»Wie weit bist du mir hinterhergelaufen?« Noël übernahm jetzt das Verhör. Jérôme gab zu: »Bis ans Tor, dort blieb ich stehen und sah dich …«

»Du sahst mich? Was hast du gesehen …?«

»Nichts Genaues.«

»Was hast du gesehen?!«

Jérôme Laskar wollte nicht mehr, er machte kehrt und marschierte Richtung Dorfplatz. Als er hörte, dass Noël hinter ihm blieb, raunte er hörbar: »Schreib ein Geständnis – und fertig.«

Noël blieb erschüttert stehen. Was sollte er tun? Aber Jérôme sah sich nicht mehr um, er marschierte scharfen Schritts ohne anzuhalten, bis nach Hause. Hier warf er die Uniform ab, wusch sich, zog Trainingshosen über, goss ein Wasserglas mit Rotwein voll und begab sich damit in den Garten, wo eine Sitzbank stand. Er saß und trank den Wein in vielen kleinen Schlucken, ließ ihn direkt ins Blut laufen, holte sich noch ein Glas und spürte, wie die Qualen der Unsicherheit nachließen. Er nahm am Ende die ganze Flasche mit hinaus und auch einige Oliven und ein Stück Baguette. Nun wurde er langsam wieder Polizist, spürte den Zorn der Gerechtigkeit in die Adern dringen und in den Kopf die klare Vorstellung von einem Telefonat mit der Gendarmerie in Aups.

»Ja, hier Jérôme Laskar, es geht um eine Festnahme.«

Das Spiel mit den Kugeln wurde härter und nervöser. Die Akteure, drei mal drei an der Zahl, sprachen kurz, sprachen heftig. Laskar, der ihnen zusah, spürte den Bann, der über dem Feld lag. Die Kugel, die sie heute warfen, konnte morgen weg sein, für immer. Er habe gestern die Häuser gezählt, witzelte Vater Muette, »mir ist so, Kinder, als ob drei Stück fehlen.« Man musste die Nerven behalten. Bei *pétanque* durfte die Auge-Hand-Koordination ja nicht verwackeln, sonst verfehlte man, in Sekunden, das gesamte Turnier. Das Auge starrt auf die Hand, die Hand hält den Stahl, bebt vor Ehrgeiz. Nur Noël verhielt sich gelassen, er warf und blickte auf das Ergebnis, als lägen da ein paar tote Mäuse. Als er Jérôme wahrnahm und sich ihre Blicke trafen, atmete er demonstrativ tief ein und grüßte. Als wollte er sagen: Kerl, mach keine Dummheiten! –

Aber dann riss er den Kopf herum und sah nach hinten, wo sich das Café befand, von dort näherte sich mit kleinen Schritten eine hohe Gestalt, und zwar eine weibliche – sie trug Schuhe mit klotzigen Absätzen, einen engen Rock und über den Schultern eine rockige Lederjacke. Und das blassrote Haar, das war so locker ausgekämmt – ein Flammenkranz. Es war Lucia Morelle, und sie blickte ins staubige Getümmel, als suche sie jemanden. Als Noël instinktiv einen Schritt zurück trat, weil er sich angesprochen fühlte – ging Lucia nicht auf ihn zu, sondern auf Jérôme, den Polizisten.

Der atmete eine andere Luft, als sie vor ihm stehen blieb. Lucia war vor acht Jahren nach Ardinoschou gekommen, sie stammte aus Clermont und kam aus der Parfümeriebranche, hieß es. Aber sie duftete im Augenblick nicht nach so edlem Zeug, das war eher wie Genever mit Zitrone, was Jérôme da einatmete. Sie hatte die Flora der Provence verinnerlicht, und sie fragte mit einer Stimme aus Sand – aus Sand vom Grunde des Verdon, um genau zu sein – also mit dieser Stimme: »Jérôme, ich würde Sie gerne etwas fragen.«

»Ja, bitte.« Der hiesige Polizist war ganz Ohr.

»Hier wurden Boules gestohlen, stimmt das?«

»Ja, das stimmt.« Der Gendarm straffte sich.

»Viele?«

»Weit über zwanzig Kugeln bisher, wenn ich richtig nachgezählt hab.«

»Ist ja 'n Ding. – Und Sie sind der Meinung, dass Noël sie genommen hat – Noël soll der Dieb sein?«

Jérôme sah erst jetzt, dass sie eine Brille trug, eine aus hellbraunem Bakelit und mit solchen Gläsern, die ihre dunklen Augen anwachsen ließen, groß und dunkel wie Sumpfgebiete. Jérôme konnte nichts mehr sagen, er schlug vor, ein Stück miteinander zu laufen.

»Wir könnten auch irgendwo einen Kaffee trinken«, regte er an.

»Gehen wir ein Stück hinaus aus dem Dorf, okay.« Sie lächelte frech – auch wenn ihre Unterlippe zitterte. Noël, auf dem Platz, hielt die Wurfkugel in der Hand, machte einen Ausfallschritt, um zu werfen, stand in der Waagerechten – warf aber nicht: er sah die beiden, sah ihnen nach. »Noël, schlaf nicht ein!« rief einer – alle lachten. Der Polizist Jérôme spazierte mit Lucia aus dem Dorf. Das Weib bewegte die weichen Glieder wie Musikinstrumente, spielte mal Geige, mal Akkordeon. Und sagte dann allen Ernstes: »Noël macht sowas nicht. Wie kommen Sie darauf, Jérôme?«

»Ich bin Polizist, und ich stamme von hier. Ich komme auf gar nichts. Ich habe nur in der Nacht zu Donnerstag meine Beobachtungen gemacht und sie eingetragen. Ich habe dies auch Noël mitgeteilt.«

»Sie haben ihn gesehen auf dem Wege zu mir, *Monsieur le Policier.* Er ging in mein Haus.«

»Das habe ich nicht gesehen. Als ich die Stufen zum Steintor …«

»Das muss auch keiner wissen – aber Sie, Jérôme, wissen es jetzt.«

»Warum sagte es mir Noël nicht?« fragte Jérôme. Jérôme hatte Noël zu später Nacht an dem langen Kasten gesehen, wie er sich dort vorbeugte und hantierte. Dann war er in der Altstadt verschwunden. In eines der Häuser? Lucia sagt: Ja, in eines der Häuser, in meins nämlich. Wenn es stimmte, konnte er der Dieb nicht sein. Aber vielleicht will Lucia ihn nur schützen? In Wirklichkeit war Noël nicht bei ihr, er war zurückgegangen, hinter dem Rücken des Polizisten, und hatte dann erst die Kugeln gestohlen! Und nicht lange darauf erschien Bruno und machte, etwas stammelig, eine Aussage: Dass eben dieser Noël in Lorgues auf dem Markt einen Satz Spielkugeln verkauft hat. Und dann noch einen. Jérôme hat über diesen Vorgang auf dem Markt mit Noël gesprochen, als Polizist. Der hat nichts Richtiges dagegen sagen können. Er hat Lucia mit keinem Wort erwähnt – er hat nicht etwa gesagt: Ich kann es nicht gewesen sein, ich war in dieser Nacht im Hause von Lucia Morelle. Er hat Jérôme nur gefragt: Warum sagst du so etwas?

Jérôme blickte immer noch in die beschwörende Regenbogenhaut – was wollte Lucia? »Wenn ich Ihnen mitteile«, kam aus ihrem Mund, »dass er bei mir war – glauben Sie es mir?«

Jérôme nahm ihre Hand in die seine und sah sich diese Hand an.

»Als Polizist soll ich die Angelegenheit aufklären, weil es sonst heißt: ich sorge nicht für die Sicherheit des Dorfes – und man löst mich ab, verstehen Sie …?«

»Wie, bitte …?!« Sie scheint entsetzt.

»Ja, so liegen die Dinge.«

Lucia nimmt die Brille herunter, und ihre Pupillen sind jetzt viel kleiner, sie wirken kindlich – und sie erinnert sich: »Sie sind umgefallen mit der Fahne – ich hab's gesehen …« Er betrachtet ihren schönen Hals, zumal dort, wo er sanft in die Schulter fließt.

»Tut mir leid«, sagt er. Lucia beißt sich auf die Unterlippe, so dass Jérôme ein Stück rosa Haut zu sehen bekommt – dann hebt sie den Fuß zum nächsten Schritt, lässt ihn aber frivol in der Luft und schwenkt zu einer Kehrtwendung: »Gut – Sie wissen jedenfalls, wo er war.«

Und sie geht zurück.

Laskar versucht, die menschliche Tragödie, die ihm soeben begegnet ist, von seinem polizeilichen Denken abzutrennen. Diese verzweifelte Madame würde wohl alles für ihn tun – also für Noël. Und solchen starken Gefühlen durfte er nicht folgen.

Er schlenderte durch den Olivenhain hinter dem Friedhof ins Dorf zurück, wo von Lucia Morelle nichts mehr zu sehen war. Die Spieler machten gerade eine Kaffee-Pause. Aber ohne Noël. Der Dorfpolizist setzte sich und trank einen

Pastis mit, obgleich er in Uniform war – die seelische Belastung … Schon fuhr der Mercedes von Madame Vendredi, also Noëls Frau, durch das *centre du village*, dicht am Boule-Platz vorbei. Die Apothekerin hatte wohl früher Feierabend heute, es war gerade achtzehn Uhr. Simone, so hieß sie mit Vornamen, hielt kurz an und drehte sehr sachte die Scheibe herunter: »Wo ist denn Noël?«

»Kommt gleich wieder«, hieß es. »Nur mal kurz weg.«

Simone – das ist eine kleine, hübsch geformte Person mit einem runden Puppengesicht unterm schwarzen Bubikopf und trägt am schneeweißen Gelenk ein Armband aus kobaltblauen Lapislazuli-Steinen. Sie bedankt sich freundlich und fährt weiter. Keiner nahm weiter Notiz davon, nur Vater Muette duckte den Kopf, als sie weiterfuhr, er wollte ausdrücken: Na, bloß gut, dass sie weg ist! Sie war eine sehr gewissenhafte Apothekerin und Muette kriegte öfter was zu hören wegen seiner Herztabletten. Einmal musste er alle seine Packungen mitbringen und sie ausbreiten: die Schachteln waren alle angefangen, manche nur aufgerissen, die Tabletten zum Teil wieder reingesteckt und nur die gelben aufgebraucht, weil die so schön rutschten. Da legte sie los, er kam sich wie in der Grundschule vor. Simone galt als eine, die mehr wusste als die Ärzte. Viele Patienten erfuhren erst bei ihr, was sie für eine Krankheit hatten. Und alles wurde durchgerechnet, und für alles gab es Abrechnungen und Zettelchen. Und sie lachte glockenhell, wenn sie dies alles in eine Tüte schob.

Der Polizist Laskar fand sie heute sehr zerbrechlich. Es war ihm furchtbar unangenehm, dass er gerade mit jener Frau gesprochen hatte, die mit dem Gatten dieser Porzellanfigur … Mein Gott, vielleicht ist Noël der Dieb, es wäre viel besser. Er klaut und gut. Aber, wenn er, der Polizist, nachweisen würde, dass Noël bei der Dame Lucia war, dieses schneeweiße Simonchen würde zerfallen vor Schmerz. Besser noch mit einem Dieb leben – ist doch so! –, als mit dieser anderen Geschichte. Auch für Jérôme wäre es günstiger, wenn Noël die Dinger geklaut hätte – dann wäre er glatt auf Erfolgskurs und …

Jérôme nahm die Mütze ab und ließ sich, da er nun barhäuptig, also in zivil, war, noch einen *Ricard* bringen und dann noch einen. Und während er so saß und sann, setzte zu Hause der Wasserdruck wieder ein …

Colette begoss gerade das Lammfleisch im Topf. Es waren ein paar *Collier*scheiben, die sie kurz anschmorte, mit weißem Burgunder löschte und dann genug Wasser dazu gab, damit das Fleisch köcheln konnte. Später legte sie noch drei kleine, halbierte *Courgettes* mit in den Topf. Sie wusste, dass er die Brühe, die daraus entstand, gerne einlöffelte, und zwar ziemlich heftig, wenn er weit nach Mitternacht aufstand und über seinen Zustand in Erregung geriet. Auch eine Zwiebel kam hinein, dann noch etwas Wasser – ah! es lief wieder mit vollem Druck, wie sie feststellte …

Auch an der Theke im *Café de la Reserve* schoss das Wasser wieder kraftvoll ins Spülbecken, und Bibi hatte nur noch zwei Gäste: den tapfer trinkenden Jérôme und den gebeugten Vater Muette, der sein Glas in der Hand hielt. Der Alte nahm den Pastis dosiert zu sich wie ein Herzmittel und ließ den Kopf immer tiefer sinken. Er war zurückgefallen im Boule-Spiel, hatte aber abgewinkt, als die Rede darauf gekommen war.

Noch eine Weile vergeht, und es erscheint Serge, Bibis Mann, um zu sehen, inwieweit die Gäste zum Aufbruch herangereift sind; er will schließen. Wie immer in solchen Fällen, greift er in das Gespräch selber ein. »Noël hat deine Kugel weggehauen«, stößt er Vater Muette an, »sie ist *noyée*, hab's gesehen.« Der Alte richtet sich auf: »Ja, zwei Mal.«

»Das eine Mal flog sie bis auf die Straße«, ergänzt der Polizist, »ich hab sie absperren müssen.«

»Meinst du, es war Absicht?« fragt Bibi den Alten. Der gähnt ausgiebig und erhebt sich.

»Noël kann alles!« verkündet er lachend, und alle warten auf mehr. Er gähnt nur.

»Sieht man ihm gar nicht an«, sagt Bibi.

»Kann alles? Inwiefern?« fragt Serge ungehalten, aber der Polizist Jérôme hält seinen Arm fest und weist auf sein Glas. Serge gießt ihm noch einen Pastis nach und wiederholt seine Frage: »Inwiefern ...?«

»Na, der macht Dächer«, weiß Bibi, »repariert Autos, spielt alle Spiele und hatte sogar 'ne Bildergalerie, soviel ich weiß.«

»Überall aktiv, was?« höhnt Serge und wischt den Tisch ab. Vater Muette biegt sich nach hinten und stützt seinen Rücken. »Ach, ich schneide bei Lucia ja nur die Hecke, mehr nicht ...«

Nun ist Stille. Jérôme nippt von seinem Glas, aber nur sehr vorsichtig.

Muette blickt in die Runde, holt Luft, als wolle er noch was sagen – hebt aber nur die Hand zum Gruße und schlurkst zur Tür. Jérôme eilt hinzu und öffnet sie. Und als er draußen ist, überlegt er und meint:

»Oder wollte er noch was sagen ...?«

Serge schließt den ersten Fensterladen und lächelt.

»Er weiß, dass wir schließen wollen«, kichert Bibi.

Und nun geht auch Jérôme.

In tiefstem Schlaf rollte der ramponierte Mann von der Pritsche, weil ein praller Leib ihn wegschob, er wich aus, rückte wieder ein Stück – und fiel auf die Erde. Er stemmte sich hoch und lauschte in sein Inneres. Er hörte nichts als sein Gedärm. Nun wankte er in die Küche, tastete den Herd ab, fand die noch lauwarme Brühe und trank sie direkt aus dem Topf, soff ihn leer, berieselte die aufschreiende Flora im Bauch mit der Gelenkflüssigkeit von tausend Lämmern, stöhnte unter dieser Wohltat, sah dann auf die Uhr: es war eins. Nun hob er den Blick und bemerkte durch das breite Fenster die helle Nacht, die sich auf seiner Wiese breit machte – sie war es, die ihn mit ihrem Hintern geschubbert hatte, bis er rausfiel. Sie war gerne hier, die faule Marie und machte ihn fertig.

Am Morgen duschte er, genoss den Wasserdruck – und es war Colette, die ihm mit harter Hand alle Rillen seines Körpers, die fremde Düfte speichern, sauber wusch mit einem Seifenlappen. Seine Haut brannte, er zog das Weib unter den Strahl, so dass ihr seidiger Kimono und das Haar nass wurden. Sie keifte entsetzt und fand es am besten, wenn sie die Wäsche abwarf.

»Was ist los, Jérôme – was hast du erlebt?« will sie wissen.

»Nichts weiter …«

Er presste sie gegen die Kacheln. Ihre weißen Muskeln spannten sich, das Frauchen war glitschig. »Ich rutsche doch –

ich rutsche …« Er fand dies aufreizend, gab sie nicht frei – bis es draußen so laut knatterte, dass Colette zusammenschreckte. Jérôme hielt sie fest, aber sie schlüpfte ihm aus der Hand und schoss aus der Tür. Schon kam sie wieder, ergriff den Bademantel und Jérôme verkroch sich. Das Knattern nahm zu. Es war Bruno mit seinem Moped. Er gab noch einmal Gas jetzt, damit die Serie von Explosionen wie eine wichtige Mitteilung ins Haus drang.

Colette vollführte mit den Ärmeln wilde Gesten: »Bist du noch bei Sinnen, Bruno – Jérôme schläft doch!«

»Schläft …?« Es war jetzt nicht die Zeit für ein Schläfchen, es ging auf's Frühstück zu. Bruno knöpfte den Kragen auf, reckte den Hals. Er wollte was sagen. Schon hörte er Jérômes Stimme durch die offene Tür:

»Das Wasser läuft wieder – ich weiß, zum Donnerwetter!«

»Nein, nein – was anderes …«, krähte Bruno und gab noch mal Standgas.

Der Polizist trug selber Schuld an dem Getöse, er war zu nachsichtig mit Bruno umgegangen. Der Junge, schon klar, war immer unsicher und sprach gehemmt und am liebsten gar nicht. Nun hatte er von seinem Moped den Auspuff entfernt, um besser auftreten zu können – er wollte gehört werden. Der ganze Ort litt darunter, wenn er, mit lauten Knatterworten, durch die Gassen raste. Es gab Beschwerden: die Polizei solle einschreiten. Aber der Dorfpolizist verstand den Jungen. Jérôme wusste von sich selber, welch ein Gefühl es war, wenn einem der Motor nur durch eine Handbewegung eine solche Ausdruckskraft verlieh. Er war mit so einem Ding früher zur Schule gefahren. Bruno wurde also ermahnt und gebeten, im Wald zu »schreien«, nicht im Ort. Einen Mängelschein bekam er noch, das war alles. Und jetzt war er, blau überdröhnt das Gesicht, vorgefahren, und Colette wies ihm einen Platz hinter dem Haus an und setzte sich zu ihm. »Nun, mein Junge?«

Bruno lernte Schornsteinfeger, da wird er oft auch gebeten, vom Dach etwas abzusammeln oder anzubringen – und darum eben würde es sich handeln, erzählte er Colette: »Ich hab was mit, also heimlich …«

Colette schlurkste ins Haus, wo Jérôme sich gerade anzog, und raunte unschuldig, der Junge habe einen Koffer dabei und es sei »was Heimliches«. Wie sich dann zeigte, war das Heimliche eine Video-Kamera.

Bruno stammelte heiser, als er das Unikum beschrieb: sie konnte auch nachts alles sehen, besaß Infrarot, machte richtige Filme. Er, Bruno, sollte dieses Gerät oben am Schornstein befestigen – und zwar bei der *Poterie* in Salernes, als Überwachung. Dort stand alle Töpferware ja über Nacht draußen – vor dem Haus, hinter dem Haus, im Garten – man konnte die schweren Pötte nicht ständig rein- und raustragen, die Steinfiguren schon gar nicht, und da verschwand ab und an doch manches. Kürzlich erst so eine Art Venus von Milo, wenn nicht noch wertvoller. Auch das Aufnahmegerät war viehisch teuer, aber nicht schwer. Bruno hatte nun den Auftrag, das Gerät ein wenig zu verkleiden, mit Grünzeug und Rinde, dafür sollte er sich Zeit nehmen, er musste den Kasten erst nächste Woche vor der *Poterie* anbringen – und das hieß: »Wir könnten die Kamera inst…, installieren – am Boule-Platz – drei vier Tage – also kostenlos – die passt auf – und dann …«

»Und warum, Bruno? Meinst du denn, ich …«

Laskar war nicht der Meinung, dass er jetzt Hilfe brauche. »*Papou* sagt, wir möchten nicht …«

»Was möchtet ihr nicht?«

Bruno gluckste, kriegte große Augen, wusste nicht. Es ging um den Verdacht. Die Familie hatte Gewissensbisse. Also wegen Noël. Sie wollten niemanden beschuldigen. Besser wäre schon ein Beweis …

»Bist du dir sicher, Bruno, dass du ihn auf dem Markt von Lorgues wirklich gesehen hast.«

»Absolut. Aber Papou sagt …«

»Würdest du denn eine Aussage machen?«

»Niemals – das würde ich nie … ich doch nicht.«

Deshalb ja dieses Ding. Laskar starrt misstrauisch auf das Gerät mit dem Argus-Auge.

»Das ist was für die Bank von England. Und wenn nun ein ganz anderer auftaucht – und die Kamera guckt zu …?«

»Wer denn? – Es war doch Noël …«

»Gut, ich gebe dir Bescheid, Bruno – morgen.«

Er musste das nicht jetzt entscheiden.

»… aber am nächsten Dienstag muss ich …« Bruno wollte tätig werden!

Da fuhr ihn Jérôme polizeilich an: »He, was ist mit dem Auspuff am Moped!? – Bau erst mal den Auspuff an, ja? Dann sehen wir weiter.«

»*Pas de problème*«, erklärte Bruno. Er war bereit, den Dämpfer wieder anzubauen. Jérôme hob streng das Kinn: »*D'accord* – hab verstanden, Bruno. Ich danke dir.« Bruno ließ den Koffer zurück und schob sein Moped ein Stück vor sich her, bevor er draufsprang und es wieder aufschreien ließ.

Am Nachmittag stand Jérôme wieder am Boule-Platz, sah aufmerksam dem Spiel zu. Er saß aufrecht, fast gestreckt, so dass ihn Noël nicht übersehen konnte. Der schwang konzentriert den Arm, sah der Kugel nach, bis sie plumpste – den

Polizisten nahm er nicht wahr. Jérôme hatte ihm ein Geständnis nahegelegt, darauf hatte der Verdächtige innerhalb von Stunden zu reagieren. Aber nicht die Andeutung eines Zwinkerns. Polizeilich gesehen war dies eine Unterlassung. Und die Folge: Jérôme musste handeln, also: ermitteln, den Dieb überführen. Er konnte so nicht weiterleben. Aber sein Inneres wehrte sich dagegen, eine Kamera in den Baum zu hängen. So ein fremdes Auge, das sich alles merkt, war im Grunde …, … das war das Gegenteil von Ardinoschou, sagen wir mal so. Es ging, wenn so ein *appareil* im Spiel war, nicht mehr darum, ob Noël einige Kugeln hatte mitgehen lassen oder nicht – er käme ins Bild. Und das ist nicht statthaft. Da – es fällt die Kugel nieder, sie fällt gut, aber dann rollt sie weiter, und noch ein Stück, und alles kommt anders. Wenn Noël ihn nicht ansprach, dann – Regel Nummer eins! – war er nicht im Hause der Lucia Morelle gewesen in jener Nacht. Sonst hätte er es Jérôme gesagt. Und er hat auch nicht die Kugeln gestohlen, sonst hätte er es Jérôme gesagt. Nicht direkt vielleicht, aber durch unmissverständliches Ausweichen. Durch Sätze wie: »Morgen fahre ich ja zum Fleischer nach Barjols, kaufst du auch dort?« Wozu eine Kamera?

Eines aber war in Ardinoschou nicht verboten: man durfte die Wahrheit herausfinden und für sich behalten. Also marschierte Jérôme am Nachmittag zu Frau Lucia Morelle, um sie – nur eben kurz an der Tür – zu fragen, warum, nach ihrer Auffassung, Noël nicht kam, um ihm, dem Polizisten, sein Alibi mitzuteilen – so ganz im Vertrauen …

Er band sich zu diesem Zwecke eine Krawatte um, und Colette, als sie dies sah, fragte plötzlich: wieso denn das?

»Ich muss Madame Morelle etwas fragen.«

»Ja, was denn?«

»Das ist dienstlich, Colette. Ich will die Ermittlungen beenden.«

»Beenden …?«

Colette marschierte schnurstracks in den Garten.

Als Lucia Morelle ihm die Tür öffnete, das Haar zausig, ein Weinglas in der Hand, setzte auf die Sekunde ein gewaltiger Regen ein – wie ihn die Haute Provence nur selten erlebt. Alle wissen noch, wie das war: Die Wassermassen flossen breit den Nacken hinunter, drängten über den Platz zur Chaussee, rauschte die Chaussee hinunter in den Verdon und den Verdon hinunter in die Durance und die Durance hinunter ins Meer – aber schon kam Lucia und bat ihn herein.

»Noël hat sich bei mir nicht gemeldet«, so Jérôme unvermittelt. »Nur das wollte ich Ihnen sagen Madame – mehr ist es nicht.«

»Gut – das haben Sie mir nun ausgerichtet«, sagte Lucia sachlich. »Aber Sie können nicht auf der Straße bleiben, auch wenn Sie Polizist sind.«

Er wurde ins Haus geführt und bekam im Wohnzimmer einen Sessel, die Dame selber warf sich ins Sofa und trank aus ihrem Glas.

»Sie dürfen ja in Uniform nicht trinken und …«

»Wein schon«, sagte Jérôme. Sie goss ihm ein Glas voll. Es war ein roter *Fontaillade* aus Brue Auriac, der die Blase schonte und den Geist belebte.

Und man saß zwischen duftenden Möbeln aus massiver Eiche unter behauenen Balken des dreizehnten Jahrhunderts, die hellblau getüncht waren, auch der Rand vom großen Spiegel war hellblau und die Lider von Lucia haargenau so.

»Das tut mir sehr leid«, sagte Lucia. »Ich hab ihn auch nicht gesehen die letzten Tage.« Jérôme trank von seinem Glas in kleinen polizeilichen Rationen. Lucia trank etwas schneller.»Sie glauben mir doch aber …?« fragte sie.

Jérôme blickte zur Erde und wippte mit dem Schuh.

»Noël und ich, wir sind schon längere Zeit zusammen – über drei Jahre – so liegen die Dinge, Jérôme.«

»Das weiß aber niemand«, erwiderte Jérôme streng. Lucias Wangen nahmen einen rubinfarbenen Glanz an, während die Augen schwammen.

»He, Polizist – sind Sie doch nicht so traurig!«

»Ich hab die Beweise gegen ihn fast alle zusammen«, berichtete nunmehr Jérôme. Der Regen schlug derartig auf's Dach, dass die Ziegel anfingen zu singen, Lucia lief in die Küche, öffnete kurz das Fenster, da krachten die Läden und das Wasser schwappte herein – er hörte sie juchzen:

»Mein Gott, was für ein Weltuntergang!«

Ihr Gast sprang hoch, folgte ihr und schloss die Flügel – dann standen sie beide in der Küche, sie blickte in sein nasses Gesicht, Jérôme auf ihre nackten Beine, die in gelben Pelzpantoffeln steckten. Er hatte ein so pompöses Frauenzimmer in einem solchen Unwetter, mit solchen Füßen und solchen Wangen noch nicht erlebt.

Sie rief amüsiert: »Was denn, Monsieur Laskar, wenn das wirklich der große Untergang ist, he!? Da könnten doch jetzt alle sagen, wo sie waren in der Nacht – was sie gestohlen haben an Kugeln und Geld und an Gefühlen! Sind Sie als Polizist nicht zuständig für die Sintflut?«

»Ich …?« Jérôme blickte irritiert.

»Na klar – ein jeder muss jetzt bestraft werden – wer soll das machen?«

»Die Jungfrau Maria, würde ich sagen.«

Lucia reißt die Augen auf »Oh …, … gut!« Sie ist jetzt Maria, stemmt die Hand in die Hüfte: »Heraus mit der Sprache, Noël! Wo warst du in der Nacht zu Donnerstag? Es gehen jetzt sowieso alle unter, besser, du erzählst alles!«

Sie wischte sich mit einem Handtuch die Knie trocken.

»Ich verhöre ja grundsätzlich nicht«, erklärte Jérôme.

»Wollen Sie etwas essen? Ein paar Pistazien?«

»Pistazien gerne.«

Sie holte welche mit verwegenen Schritten. Und setze sich wieder ins Sofa und trank das Glas leer. Ihre Augen glühten wie Sterne im Moos.

»Ich hatte doch Parfümgeschäfte in zwei Flughäfen – die reine Anästhesie, sag ich Ihnen, darunter ein algerisches Fläschchen, das hieß »*Rocaille*« – das wurde verboten. Irgendwer fand heraus, dass es gepanscht war und Frauen irrsinnig machte – echt. Der Hersteller wehrte sich vor Gericht – ging aber pleite. Claude, mein Mann damals, und ich, wir kauften alles auf, was die Firma von dem Zeug noch übrig hatte. Die Idee war die: Ich hatte gelesen, eine vornehme italienische Dame aß einmal ein herrliches Fruchteis und bedauerte entsetzt: »Wie schade nur, dass dies keine Sünde ist!« –

Ich stellte also Flakons mit dem Saft ins Geschäft und nannte es: »Sünde«. Die Leute kauften wie besessen. Sie wollten sündigen, nach Wollust stinken, verstehst du. Wir vergitterten die Schaufenster, weil ein paar Kranke nachts an die Flaschen wollten. Wir kriegten richtig Geld in die Kasse, haben dieses Haus hier gekauft – dann stürzte Claude mit seinem Flieger ab – er hat Wasser aus dem Verdon in ein brennendes Chemie-Werk geschüttet, war Irrsinn – war verboten …«

Sie trank wieder das Glas leer. »Mich nahm er ja nie mit in den Flieger, weil er fürchtete, mir könnte da etwas passieren …«

»Wäre ja auch …«

»Jérôme, Sie verstehen mich. Claude schloss mich aus seinem Leben aus – ihm war egal, wie sehr ich ihn liebte, völlig – er wollte lieben, das reichte. Er vollführte einen Sturzflug mit vollem Wassertank, das Größte überhaupt, und wollte mich nicht dabei haben …« Sie polkte etwas Kork von der Lippe. »Als er tot war, traf ich auf Noël. Da hatte ich die zwei Pavillons längst verkauft; ich bin keine Geschäftsfrau. Rede ich zu viel …?«

»Es geht mir gut«, sagte der Polizist.

»Der Regen wird *macabre* …«, sagte sie und hielt inne. Bis ihr Laskar befahl: »Sagen Sie was über Noël.«

»Es ist ein scharfes Spiel, das wir treiben, durch die Gitterstäbe, wissen Sie. Jede Berührung wie die allerletzte Nacht – er wollte es so, zu jeder Stunde. Ich sterbe vor Angst, es ist schön so. Als seine Frau Simone misstrauisch wurde, erfanden wir die Geschichte von der Baustelle in Le Muy. Hatten Sie das zufällig mitbekommen, Jérôme?«

»Er fuhr immer schon früh um sechs los, nicht wahr …?«

»Er musste über ein Jahr lang nach Le Muy. Er ging aber nicht arbeiten, er war bei mir – schon früh um sechs.«

»Nerven hat er …«, wusste Jérôme und nickte.

Lucia holte mit dem kleinen Finger ein Stückchen Kork aus ihrem Weinglas und dachte an damals. Schließlich fuhr sie fort: »Eines Tages verlangte Simone das Geld zu sehen, das er in Le Muy verdient haben musste. Sie ist sehr kindisch, fanatisch geradeaus. Sie hatte die Tage zusammengezählt, also die Einnahmen durchkalkuliert. Er verfügte über kein

Geld. Sie zeigte ihm die Addition: elftausend. Wo sind die geblieben, fragte Simonchen. Oder hast du sie noch zu kriegen?«

»Ach, du Scheiße …«, sagte Jérôme.

»Ich stellte einen Antrag für den Anbau – eine Veranda – und nahm einen Kredit auf. Noël übergab den Betrag seiner tüchtigen Gattin, und da es gerade einen günstigen, also gebrauchten Mercedes zu kaufen gab, schlug Noël vor, dass Simone zugreifen sollte.« Lucia sah Jérôme von unten her an und griente: »Jérôme, willst du das nicht zu Protokoll nehmen? Sie fährt heute mit meinem Mercedes herum. Geht schlecht, was? Wie nennt man das? Ja, die besten Sachen haben keinen Namen …«

Es war eine Menge auf einmal, was Jérôme erfuhr, und er goss beiden die Gläser voll, weil er sich wohl dabei fühlte. Er verstand nicht alles, aber hatte im Moment nicht die geringste Existenzangst mehr. Er pellte eine Pistazie mit dem Daumen ab und presste die Zähne dabei zusammen, weil die Schale nicht ab wollte.

»Mein Sohn ist ja auch verunglückt«, sagte er unvermittelt.

»Wann …?« Lucia blickte entsetzt, war plötzlich ganz ruhig. »Es ist schon eine Weile her«, sprach Jérôme, »und es war ein ganz einfaches Unglück, nicht mit dem Flugzeug, nur mit dem Trecker – nichts weiter …« Jérôme zerkaut seine Pistazie.

»Gar nicht aufregend, wollen Sie sagen.« Lucia starrte ihn an.

»Der Trecker wollte abkippen, die Böschung hinunter, und Fabrice stemmte sich dagegen, wissen Sie – da hat ihn die Maschine zerdrückt.«

»Konnte er nicht wegspringen?

»Natürlich …«

»Warum hat er's nicht gemacht, Mensch?«

»Die Unkosten – er wollte die Unkosten nicht verursachen. Ich sagte damals zu meiner Frau: Deine Erziehung, Colette! Danach sprach sie nicht mehr mit mir …«

»Sie war schuld, meinen Sie …?«

»Sie fürchtet immer die Unkosten.«

»Wissen Sie, was wunderbar ist – wenn ein Mensch vor Leidenschaft nicht anhalten kann …«

Sie reibt mit beiden Händen ihre Wangen vor Aufregung. Und stammelt: »Dieser Junge war absurd, Jérôme – er konnte nicht anders …«

»Ja, das ist wahr …«

»Jérôme, das ist irrsinnig komisch – aber nur so kann man glücklich werden …« Sie ergreift seine Hand und rüttelt daran – er hatte so einen tollen Sohn, Mensch!

Und Jérôme, der hört sich sagen: »Wissen Sie, ich hätte niemals Polizist werden sollen – alles, was Sie hier sagen, geht mir sehr nahe – es gehört nicht, wie man sagt, in die Hände der Polizei …«

Lucia beißt ihm die blanken Zähne leise in den Handrücken und blickt zur Seite. »Mein Gott, was sagen Sie da, Jérôme – das geht doch nicht …«

Sie waren weit vom Thema abgekommen. Jérôme, der gerne noch bleiben wollte, kroch auf den Ausgangspunkt zurück: »Er war also in dieser Nacht, wo ich ihn beobachtet habe, hier bei Ihnen verschwunden, in diesem Haus.«

»Richtig. Und das war am Mittwochabend.« Sie hielt den Kopf schräg.

»Gut, und in dieser Nacht wurden vier Kugeln gestohlen. In der nächsten Nacht keine – in der Nacht davor aber fünf«

»Da war er ebenfalls hier, bis um halb eins die Nacht.«

»Und die ersten Kugeln«, fuhr der Beamte fort, »wurden in der Nacht von Montag zu Dienstag gestohlen.«

»Ach, Gendarm, hören Sie auf! Ich kann Ihnen ganz genau sagen, was da los war. Noël kam um neun und wir hatten beide keinen Pfennig Geld mehr, konnten nicht einmal essen gehen, legten uns ins Gras, und ich küsste ihm die Seele aus dem Hals – wenn Sie das bitte notieren wollen. Nichts brauchten wir. Als wir aber nach Maximin kamen, erschöpft, arm und leer, steht da im Schaufenster eine Flasche *»Hospices de Beaune«* von 2004 – das Elixier kenne ich, ein Rotwein aus der Bourgogne, aus der Drehe Volnay, wissen Sie?«

»Ich weiß, wovon Sie sprechen …«

»Das ist großartig. Also: Noël ging in den Laden und kriegte die letzten beiden Flaschen, jede neunzig Euro und ließ seinen Ausweis da – und dann fuhren wir nach Hause und machten sie nieder in der Nacht. So ist Noël, so wird er immer sein …«

»Hundertachtzig …«, rechnete Jérôme zusammen.

»Eine Sünde, dieser Saft.« Sie kam sehr dicht an Jérôme heran.

»Eine Sünde, ihn nicht zu trinken«, sprach leise der Polizist. Sie sahen sich lange an.

Bis Lucia meinte: »Wir kamen ins Paradies – für das bisschen Knete. Ach, Noël! Ich liebe ihn so – er wird diese Art zu leben niemals verraten, das können Sie mir glauben, mein Gott, ist das ein Gesöff – dafür …«

»Und am Donnerstag verkaufte er zwölf Eisenkugeln auf dem Markt in Lorgues, um die Pullen zu bezahlen …«

»Wie, bitte?« Lucia riss den Mund auf und starrte Jérôme an. Sie verstand jedes Wort. Noël erwirbt Geld, um den

Wein zu bezahlen. Schon lachte sie einen Schrei heraus: »Mann, wenn das keine Story ist! Jérôme, Sie sind einmalig – das ist so irre ...« Sie begriff, man sah es, die Folgen dieser Aussage. Und zuckte die Achseln: »Ja – vielleicht war es so. – Mir doch egal, Mensch...« Sie atmete heftiger, ließ seine Hand los und stand auf. Ihre Hüfte schlug sanft gegen den Erdball. Ja, so wird es sein! So wird es kommen! So redeten die Schritte. »Wissen Sie was, Herr Polizist ...« Sie lehnte sich an die Fensterbank. »Diese Boule-Kugeln sind der Clou.«

»Sagen Sie nicht immer Herr Polizist zu mir.«

Sie wendet sich von ihm ab und blickt aus dem Fenster. Nun sieht sie: der Regen hat aufgehört. Jérôme will jetzt gehen, ihm ist unheimlich – sie ist so wunderbar.

»Wann werden Sie Anzeige erstatten?« fragt sie in die Nacht hinaus.

»Gehen Sie schlafen!« befiehlt er. Sie nickt gehorsam.

Colette lag noch wach, als er eintraf – sie las. Das hatte es seit ewigen Zeiten nicht gegeben. Sie fragte nichts, sie wusste, dass er morgen früh in den Steinbruch fahren musste – da wollte sie ihn nicht behelligen. Kaum lag er neben ihr, löschte sie das Licht. Da fing er eben an: »Es könnte sein, dass Noël es nicht getan hat – weil er in Lucias Haus war in dieser Nacht.«

»Wer ist Lucia?«

»Madame Morelle natürlich. Sie sagt, er war bei ihr.«

»Und was sagt Noël?« fragte sie.

»Er hat mir nichts davon erzählt«, beschwerte sich Jérôme.

Colette knipste die Lampe wieder an. »Wie ist sie denn so privat – nett?«

»Ich kenne sie nicht privat.«

»Aber du hast ihr gefallen …«

Jérôme spitzte die Schnute und räumte ein: »Na, ja – sie weiß natürlich, dass ich ermittle und den Jungen am Wickel habe.«

Colette stützte sich auf und starrte ihn an: »Und das freut sie.«

»Sie möchte gar nichts von mir – sie hat nur ausgesagt.«

»Noël wird es niemals zugeben, die irrt sich.« Colette war sich da ganz sicher. Er würde diese, also: Beziehung, niemals öffentlich eingestehen, wollte sie ausdrücken.

»Aber wenn ich die Beweise habe! Wenn ich selber …«

»Dann kommt sie mit dem Alibi – und er ist frei oder wie?«

»Nun ja …«

»Jérôme, du musst aufpassen.«

Schon war sie über ihm, strich ihm prüfend die Stirn. Sie machte den Eindruck, als wolle sie ihm auf keinen Fall das Leben schwer machen, ganz im Gegenteil.

»Bist du sehr müde?«

»Überhaupt nicht.«

Am frühen Morgen duschte er selbstvergessen und fuhr zur *Maçonnerie* nach Montaraux. Er sollte mit dem ihm gut vertrauten Lastauto nach Quinson fahren, um aus dem Steinbruch in der Nähe rosa Kies zu holen. Damit wurden zwei Häuser geputzt, die sein Patron Max im provenzalischen Stil an einem Waldgrundstück hochgezogen hatte.

»Eigentlich habe ich überhaupt keine Zeit – aber gut …«, hatte Jérôme am Telefon gesagt. Aber nun fuhr er hin, und als er ankam, war das Eisenblech auf der Ladefläche noch immer nicht draufgeschweißt – es schepperte hin und her.

»Ich verliere zu viel beim Abkippen.«

»Na, und?«

»Damit fahre ich nicht – das ist keine Art.«

»Das Loch hat Noël durchgeschlagen – und weißt du, was er mir abgenommen hat für die Chaise?«

»Was hast du gegen Noël?«

»Gar nichts – der ist aus Ardinoschou, und ich aus Montaraux.«

»Ich bin auch aus Ardinoschou!«

»Und das sind zwei verschiedene Welten! Mit dem Zweieinhalbtonner hatte ich nur Ärger, alles daran war kaputt. Der kann alles, dieser Noël, und andere müssen's bezahlen.«

»Ich fahre die Krücke nicht mehr!« Jérôme hatte endgültig genug.

»Das musst du Noël sagen. Weißt du, wie der das macht?«

»Nein.«

Na, dann erklärte ihm Max eben, wie der das macht. Ein Hotel braucht ein neues Dach und sagt: Wer übernimmt die Sache? In vier Wochen ist große Eröffnung – da muss es blitzen, das Dach. Keine Firma kann das so schnell und auch nicht für diesen Preis. Aber Noël, der kann das. Der braucht kein Gerüst, keinen Kran, keine Bühne. Der krabbelt rauf und schmeißt die alten Asbestplatten mitsamt Putz und alte Ziegel auf den eisernen Laster, bis der Boden durch ist, und dann kommen noch zwei Kletterfritzen und ziehen Platten und Ziegel am Strick hoch und decken ein, fertig ist das Dach. »Und mir überlässt er den kaputten LKW und haut ab nach Ciotat an der Küste, um eine Erbschaft zu machen.«

»Du hast ihn gekauft, deine Sache!«

»Du bist auch nicht besser.«

Max, jetzt ganz rot im Gesicht und mächtig in Druck mit seinen Häusern im provenzalischen Stil, beißt sich fest:

»Dann kommt er zurück aus Aubagne, heiratet schnell und ich, ich hab den Camion am Hals. Und jetzt erscheint so ein abgesetzter Polizist und sagt: der Laster gefällt mir nicht, das Blech klappert – ihr habt doch dort in Ardinoschou alle ein Ding zu laufen …!«

Jérôme stieg hinauf und setzte das krachende Stahlross in Bewegung, setzte quer über den Acker, ließ auf dem Feldweg den Lehm auffliegen, bis die Sonne verdeckt war – dieselbe wie in Saint-Tropez. Er schoss vom Sitz hoch und wieder hinab, ein wüstes Rodeo – wie sein Leben.

Als er mit dem Fahrzeug auf die Chaussee einbog und etwas zur Ruhe kam, hatte er einen abgeschabten Honda-Geländewagen vor sich. Er fuhr eine Weile vor ihm her und ließ sich Zeit. Ein Fahrzeug mit Hänger und einem Marseiller Nummernschild, besetzt mit zwei jungen Männern, von denen der eine lenkte und der andere ein Heft durchsah. Jérôme, in Arbeitsklamotten, nicht in Uniform, bremste mehrmals ab – aber dann hielt der Fahrer des Honda den Arm aus dem Fenster und winkte: er solle vorbeifahren. Jérôme tat dies, aber ohne sich zu beeilen. Er konnte sehen, dass der Hänger voller Gerümpel lag, das sauber abgedeckt war; Polizisten gucken immer nach sowas.

In Quinson war wieder kein Bagger da, der ihn beladen konnte – da ließ er den Camion stehen und spazierte in den Ort, aber nicht als Polizist, wie gesagt. Der zivile Overall war mächtig bekleckert und verstaubt, das sah eher nach Kanalarbeiter aus. Sein Gang war entsprechend schleppend. Er schlenderte am prähistorischen Museum von Quinson vorbei, an dem sich die Touristen stauten – um den ersten modernen Menschen aus der Steinzeit, nämlich einen Franzosen – kennenzulernen, und wanderte weiter bis an die Böschung, dort konnte man auf den Campingplatz hinunterblicken. Einige Wohnwagen standen dort unten, zwei Caravans dabei und nicht wenige Zelte, am Waschplatz war reges Treiben. Man sah auch einen Honda CVR mit zwei jungen Männern, gar nicht weit ab von einem blauen Zelt. Sie hatten ihren Krempel vom Hänger ein wenig ausgebreitet, um ihn zu begutachten: gusseiserne Kamineinätze, kleine Eisentüren, alte Dolche, Beschläge, gedrehte Zaunteile, Wappen, manches schon sehr ramponiert und nicht etwa geputzt. Jérôme ließ sich die Böschung hinab, stromerte gleichgültig umher – blieb rein zufällig vor den Jungs stehen und fragte den einen, der wie ein Algerier aussah, ganz nebenher: »Würdet ihr, Pardon, auch einen eisernen Käfig nehmen, ich habe …«

»Wir nehmen gar nichts, Monsieur!« tönte der andere, bevor der Algerier was sagen konnte. Er trug einen Ring im Ohr und fing an zu hantieren. Und es war eindeutig jener, der in der Nacht am schönen Gitter vom Kriegerdenkmal gerüttelt hatte. Ihn störte Jérômes Gequatsche sehr. Dem Algerier tat's leid und er fügte noch hinzu: »Wir verschrotten ja nur …« Das war der, der in der Nacht das Fahrzeug fuhr.

»Komm jetzt!« rief der mit dem Ring im Ohr.

Sie luden ihr Zeug auf den Hänger und Jérôme hob, sich devot entschuldigend, die Hände und ging schnell weiter. Also zwei Kugeln aus Eisen hatte er ebenfalls gesehen …

Der Bagger war inzwischen zur Stelle, er belud den Laster mit rosa Kies, bis die Federung platt war, und Jérôme fuhr ab in Richtung Montaraux. An einem Waldrand kippt er die Ladefläche an und lässt die rosa Füllung behutsam abgleiten, aber das Blech rutscht weg und der Kies läuft unten raus, entzieht sich der Kontrolle. Wer schon mal Erde bewegt hat, weiß: dies ist ein Vorgang, der nur Gott erlaubt ist. Der blutige Sand quillt auf, wächst zum Drachen, hebt das Fahrzeug, verdunkelt den Himmel. Jérôme sitzt oben drauf, wankt und schwebt, weil die Erdachse eiert. Nun gibt er Gas, die eingesunkenen Reifen werfen das Gedärm des Planeten weit über's Gras, blutrot leuchten die Thymianspitzen …

Als Jérôme das Dorf erreicht, wird ihm Meldung gemacht: Das Finale des großen *concours* ist verschoben worden; der Boden sei Matsch, alle Rinnen verstopft – da rollte nichts mehr. Den Teilnehmern, sowohl Männern als auch Frauen, ist dies nicht so unrecht. Die Wurfhaltung mit sich tangierenden Füßen, das *pétanque*, kann auf die Dauer erschöpfen, und dann noch die kriminelle Belastung, also der Diebstahl – eine Pause konnte nur begrüßt werden. Jérôme nickte voller Verständnis. Als er die Plätze abschritt, stocherten groß und klein die Abflüsse frei, fegten den Sand glatt, harkten filigrane Strähnen, warteten auf sein Urteil. Oben aber, aus der zweiten Etage der Bürgermeisterei, winkte Christine aus dem Fenster, die Sekretärin. Sie rief mitten hinein in die Menge: »Monsieur Laskar, könnten Sie heraufkommen?« Wodurch der Respekt ihm gegenüber noch zunahm, alle sahen ihn an. Verlegen zuckte er die Schultern, dann stieg er federnd die Treppe zur *Mairie* hinauf. Oben im Büro kriegte er mit, dass der Gemeinderat begonnen hatte zu tagen. Fehlte noch, dass er daran teilnehmen sollte, dachte er. Darauf war er nicht vorbereitet, in keiner Weise. Was sollte er denn sagen?

Schon kam aber Christine auf ihn zu und teilte mit, der Bürgermeister könne an der Sitzung heute nicht teilnehmen, sein Schafstall sei weggeschwommen. Sie solle aber fragen, ob er, Jérôme Laskar, etwas mitzuteilen habe. Das würde sie dann Monsieur Oliveira sagen, der die Beratung leitet. »Mitzuteilen …?«

»Ich weiß es ja auch nicht«, sprach Christine »wolltest du eine Entscheidung mitteilen oder dergleichen?«

»Nein, wollte ich nicht – nein, nicht dass ich wüsste, Christine.«

»Prima – dann hat sich das schon mal erledigt.« Sie machte eine Eintragung ins Buch, und Jérôme ging wieder. Er versuchte zu lächeln, als er mit verzerrtem Gesicht die große Steintreppe wieder hinabstieg – so lächeln Clowns, die der Circus gefeuert hat. Richtiger Ärger ist komisch, man muss es nur mitkriegen – darum geht es. Und weil diese Entdeckung von Lucia Morelle stammt, steht diese plötzlich vor ihm, das hellrote Haar brav gekämmt, an der hohen Stirn vorbei, die Augen wie Tassen.

»Na, was ist? Was sagen die denn?«

Jérôme zuckt die Schultern und lächelt immer noch. Sie ist anders heute: sehr kurze Ärmel, feste Arme, die nackten Füße in Basketballschuhen – die Frau, die zupacken kann, die Bewegungen indes so linkisch, dass jeder ihr beispringen möchte. Jetzt verfehlt sie fast die nächste Stufe und Jérôme muss ihren Bizeps umklammern – während er antwortet: »Noël hat sich bei mir nicht gemeldet – mir nichts mitgeteilt.«

»Und jetzt ermitteln Sie?«

Sie nehmen die letzten Stufen, und Lucia hebt die Hand gegen die Sonne. Die Finger zittern aber, und ihre Lippen sind extra blass gefärbt, sieht er. Da reizt es ihn, zu sagen: »Wir machen es so, wie wir besprochen haben. Ich bringe die Beweise bei – ich zeige ihn an – und dann kommen Sie mit ihrem Alibi.«

Lucia Morelle gerinnt zu Bronze, die Figur bleibt so stehen.

»Das haben wir so besprochen?«

Jérôme schiebt Lucia vorsichtig in Richtung Brunnen: »Sie sagen: Er war bei mir! Dann wissen es alle!«

Lucia nickt heftig, versteht – und ist doch sehr erschrocken: »Was ist passiert, Jérôme?«

»Das wollen Sie doch!«

Sie dreht sich gewandt gegen die Steinmauer: »Und Sie, Polizist? Was wird aus …«

»Machen Sie sich keine Gedanken. Wir ziehen das durch und gut.«

»*Jamais* – niemals! Das werden wir nicht tun!« Die Dame spricht, und sie hat »wir« gesagt. Und fügt hinzu: »Es wäre schön, aber Quatsch. Noël kommt nicht mehr zu mir – das ist vorbei.«

In diesem Augenblick, wie durch Wunderhand gesteuert, stoppt unmittelbar vor dem Steinhaus das Moped von Bruno, niemand hat es gehört, es ist lautlos erschienen: es knattert nicht mehr …

Bruno hat das krachende Wesen operiert, es besitzt keine Stimme mehr – und Bruno freut sich darüber, sieht den Polizisten groß an: Na, was sagst du?

Jérôme fackelte nicht lange, er nahm dem Jungen den Lenker aus der Hand und setzte sich selber auf die Maschine. Er gab Gas, machte einen Satz und hörte nichts mehr von den Dingen in Ardinoschou, gespenstisch zischte das Vehikel über die Häuser hinweg, flog die Piste an in Richtung Süden. Sehr bald schon rieben sich die Reifen heiß am frivolen Bergrücken, am Beau Soleil, der hinauf führte nach Tourtour. Lucia will nichts mehr wissen von dem Alibi,

Noël kommt nicht mehr, sie ist frei – noch nie hat Jérôme eine Nachricht so heiter gestimmt. Er nahm die Todeskurve, schon als Junge war dies seine Lieblingsstrecke, es spritzten die Steine und der Teer, die Wolken fielen auf den Schotter, die Haare brannten. Rechts war die Schlucht, dort unten das gespenstische *Chateau de Taurenne*, links die Felswand. Nicht lange, und es winkten von fern die zwei Türme. Tour heißt Turm, und da der Ort zwei Türme aufwies – schon von weitem zu erkennen! –, hieß er eben im diabolischen Volksmund Turm-Turm, also: Tourtour. Ein sandiges Terrain, *village dans le ciel,* auf dem jedes Jahr Millionen Leute standen, auf die Provence hinabstarrten, fassungslos …

Und es kam der Tag, da erreichte Jérôme die Höhe mit nahezu lautlosem Motor. Und er warf einen Kontrollblick auf den Kontinent, der aufgeteilt war in neunzehn Cafés. Und er sah: Kompanien von Plastikstühlen hielten die Parzellen besetzt – Kellner sprangen wie Zikaden von den Ästen – Pinien dufteten ohrenbetäubend – und es lehnte der Polizist sein Gefährt an eine amputierte Platane, warf die Mütze auf einen blauen Stuhl und nahm Platz auf einem gelben. So steht es geschrieben …

Als er dann so saß, blieb sein Auge hängen an einem kleinen Tisch, den er nicht beachtet hatte – auf weißem Linnen, im Schatten eines Baumes, standen dort noble Törtchen aus Ziegenkäse, die sofort seine Sinne erregten. In einer Anordnung, die ihm vertraut war, auf drei verschiedenen Tellern nämlich: einmal die frischen weißen Brocken, weich noch und zart, dann die mittleren, schon etwas angegangenen Rundlinge, die er besonders mochte, weil sie die Zunge beizten, aber auch die gelblichen »*sec*«-Stücken, hart und scharf, die Colette so gerne aß, also mit viel Rotwein. Schon erhob er sich und trat näher, um sein Interesse zu bekunden – vielleicht konnte man ein Käslein einfach herunternehmen? Da sah er, dass hinter dem gedeckten Tisch, auf einer Fußbank, eine Gestalt kauerte – das Gesicht auf den blanken Knien. Und die Waden darunter, knusprig braun, die kannte er doch!

»Hallo Malerin, sind Sie das?«

Sie hob unwillig den Kopf und kam aus ihrem Versteck hervor. Es war die Radfahrerin mit der selbstgefärbten Bluse, die ein Rudel Sportkanonen nach Ardinoschou geschleppt hatte.

»Möchten Sie was kaufen, Gendarm – oder essen?« hauchte sie.

»Ja, den mittleren, so einen *demi-sec*, würde ich sofort zu mir nehmen.« Sie zog Gummihandschuhe an: »Und einen Roten dazu?«

»Das wäre schön.«

Er setzte sich an seinen Tisch, und dann brachte sie ihm den Käse und den Wein auf einem Holztablett, passend zur Gegend. Nun stand sie da und ließ die Arme baumeln. »Kann ich gleich kassieren?«

»So eilig?«

»Was hat er Ihnen gesagt?«

Jérôme hätte beinahe gefragt: wer? Aber das gehörte sich nicht für einen Polizeimann. Dann würde man nichts mehr erfahren. Irgendwas Schlimmes lag in der Luft, das roch er – und reagierte mit den Worten: »Alles hat er mir erzählt – mehr als mir recht ist …«

Wer ihn so ausführlich informiert hatte, musste sich erst zeigen. Auch worum es sich dabei handelte, war dem Schutzmann unbekannt.

»Auch von der Anzeige«, forschte sie weiter.

»Dreimal dürfen sie raten.« Diese »Anzeige« war der Grund seines Hierseins, so sein Gesichtsausdruck. Es ist sehr wichtig, dass ein Polizist niemals überrascht wirkt; er ist müde vom Leben, erschöpft vom Wissen. Jérôme war ein Meister darin und innerlich natürlich gespannt, was jetzt passieren würde.

»Noël ist ein Mistkerl«, sagte die Malerin. Jérôme schloss für einen Moment die Augen – der Name Noël kam ihm bekannt vor. Klar, der Beruf des Polizisten ist schmalspurig, aber dass er so eintönig verlief, also immer nur der Name Noël …

Okay, der war es also, der hatte ihm das alles erzählt, auch die Sache mit der Anzeige. Jérôme bot dem Mädchen einen Stuhl an, und es setzte sich. Und Jérôme erfuhr: »Damals, in Ardinoschou, ist er mir ja ausgewichen, sprach nicht mit mir.« Der Polizist erinnerte sich gut, wie Noël die Reisegruppe praktisch übernahm und das Mädchen – und auch Jérôme! – beiseite schob.

»Jetzt habe ich ihn selber aufgesucht – es wurde Zeit.«

Sie kennt also Noël und hat ihn aufgesucht und Anzeige erstattet und der ist zum Polizisten Jérôme gelaufen und hat ihn eingeweiht. Jérôme nickte gewichtig und schnitt den Käse durch. Sie goss ihm Wein ein, und weil die Hand bebte, nahm er ihr die Karaffe aus der Hand und machte das selbst. Sie war ein originell gewachsenes Mädchen, Gesicht und Hände hart ausgereift – Brust und Beine wie vor dem Schulabschluss.

Jetzt begann sie zu weinen, hob das Kinn dabei und machte eine Schippe.

»Es war ein schönes Bild, glauben Sie mir.« Sie aß ein wenig von seinem Käse, trank aber nichts dazu. Es ging bei der Anzeige also um ein Bild.

»Ein *Harlekin* – bunt und frech«, informierte sie. »In der Größe 45 mal 63 in Öl.«

»Fünfundvierzig mal dreiundsechzig! – Ganz schön ...«, meinte Jérôme.

Die traurige Malerin streckte ihm die Hand hin: »Ich heiße Amandine.«

»Jérôme.« Er beugte den Kopf.

Sie schluckte und rieb sich die Schenkel. Es lag wohl ein ziemlicher Skandal vor, und sie nahm an, dass dem Gendarm die Fakten vertraut waren. Jérôme dachte, es wäre am besten, er war jetzt fassungslos: »Wie konnte das überhaupt passieren?« schrie er empört. Seine Augen standen weit auf: er verstand das einfach nicht!

Amandine nickte heftig. »Die große Galerie, die besaß ja eigentlich sein Vater, also Pascal, der Vater hieß doch Pascal ...«, prasselte sie los.

Galerie? Jérôme erinnerte sich an eine Galerie, die sein Patron Max erwähnt hatte – auch den Ort, den er nannte, nämlich Ciotat – also im Zusammenhang mit Noël ...

»In Ciotat«, murmelte er selbstsicher. »Die Galerie in Ciotat.«

»Genau.« Und nun floss der Informationsfluss. Mit dieser Galerie in Ciotat war es so, dass man seine Bilder dort einreichen konnte, und wenn sie gut waren, wurden sie auch hingehängt. Und eines Tages lag dieser Vater im Sterben und Noël übernahm das ganze Gebäude, also die Galerie.

»Ich verstehe nicht viel von Bildern«, gab Jérôme zu bedenken.

»Noël eben auch nicht!« rief Amandine. »Das war's ja! Der

Vater, das war ein Kunstkenner – aber Noël. Ich hab dann öfter Führungen machen müssen, ich, als junges Ding.«

Sie hatte ja nur dieses eine Bild gemalt, also fertig gemalt – das andere waren Versuche, meist Aquarelle.

»Es war mein erstes Bild, Polizist. Ein Narr im Trikot – wie ich schon sagte. Aber Noël gefiel es, und er hing es mit auf.«

»Hm …«, sagte Jérôme und fiel fast vom Stuhl. Damit das nicht auffiel, trank er einen kräftigen Schluck und matschte im Mund den Ziegenkäse ein. Er vermischte die Kraft des ockerfarbenen Weinbergs mit den scharfen Hormonen der weißen Geis; diese Droge war bekannt durch ihren Hang zur Wahrhaftigkeit. Er hörte ihren Mund nicht reden, er hörte ihn breit schnalzen und wusste alles, alles …

»Du weißt ja, dass es mit dieser Galerie bergab ging – es kamen ja kaum Besucher und einer schrieb ins Buch: Das Schönste in dieser Ausstellung sind die Kacheln im Fußboden.«

»Ja, aber ja.« Er wusste es schon lange.

»Und dass ich zum Studium ging – das hat er dir sicher erzählt …«

»Ja, natürlich.«

Er wusste, dass sie nach Aix zog und um Aufnahme bat in die *L'école supérieure d'art* – na, klar. Er war sehr überrascht, aber als sie davon sprach, seufzte er eben. Er sah sie mit Kunstprofessoren durch den Park gehen, war gar nicht so schwer. Er hörte sie sagen, dass sie die Malerei erlernen wollte, und zwar »ganz von innen« her. Und spürte, wie der feste Schafskäse im Mund jetzt einen metallischen Nachgeschmack entwickelte, er konnte plötzlich scharf denken und schmeckte heraus, dass Amandine am Boden war. Und hörte dann: Ihre Zeichnungen und Entwürfe fielen an der Hochschule alle durch.

»Ich dachte, ich bin kreativ, aber die fanden alles ungenau – sie lachten mich aus.«

Jérôme starrte sie konzentriert an: »Machst du ihn selber, den *chèvre*?«

»Der alte Boussier macht ihn für mich, Fernand Boussier – er will nichts dafür.«

»Klasse«, sagte Jérôme und tippte Käsekrümel vom Teller. Während sie sagte: »Es gab nur Vorschriften, wie man malen soll – und mir gelang gar nichts mehr – ich musste abgehen.«

»Wie lange lässt Boussier den harten *chévre* eigentlich stehen? Muss die Kammer kühl sein?«

»Nicht zu kalt – eher lau.«

»Und die Stücken werden nicht abgewischt, die …«

»Überhaupt nicht – erst beim Verzehr.«

»Nun ja …« Der Bürger Jérôme Laskar schaute von unten wie ein Dackel zu ihr hinauf, mit furchtbar traurigen Augen. Amandine hielt seine Hand fest.

»Du bist ein so lieber Polizist – was willst du von mir?«

Amandine verließ die Universitätsstadt und ließ sich per Anhalter bis Ciotat mitnehmen. Irgendwann schlenderte sie zur vertrauten Galerie – irgendwann ging sie müde hinein. Die kühle Halle war halbdunkel, niemand war da – an den Wänden aber prangten die Gemälde. Nicht lange und sie sah auch ihr eigenes Bild, den *Harlekin*. Er wirkte von weitem wie eine bunte geometrische Fläche – lustig und modern. Und dann sah sie den Aufkleber: *Verkauft!* Das Haus? Die Säule? Das Grundstück? Nein, das Bild. Der Harlekin? Ja, der. Das Bild mit der Signatur von Amandine Concourt – ist verkauft. Für Eintausendneunhundert. Eine Eins, eine Neun und zwei Nullen. Was hieß das, bitte? Das hieß: Sie konnte malen. Sie war entdeckt worden. Und: Sie war reich.

»Ich, als junges Mädchen, war reich.«

Jérôme trank sein Glas leer und starrte es an, das junge Mädchen. Vor Nervosität pickte er die letzten Krümel vom Teller.

»Ich sah mir«, fuhr sie fort, »alle Gemälde noch einmal an – und dann wieder meins.« Ihr fiel auf, dass auch viele andere Gemälde verkauft waren – die Ausstellung, ohne Zweifel, war ein Erfolg!

»Ich stapfte über den gekachelten Boden, so dass es laut schallte.«

Jérôme lachte, er hört sie klacken.

Nun, und dann betrat sie das kleine Büro, das sie ja noch kannte. Sie trat durch die schwere Holztür, um den schönen Geldbetrag einzustreichen – kapito?

Jérôme schluckte durch den trockenen Hals, Amandine goss ihm Wein nach und sprach sehr leise: »Als ich das kleine Büro betrat, saß dort eine weiß-blaue Frau vor lauter Papieren, war so bleich wie die frisch getünchte Wand hinter ihr und die Bluse so hellblau wie die Alpen. Es roch nach Kalk und nach Seuche, wie im Stall – aber diese Fee war so schön und so sauber…«

»Das ist Simone!« Der Polizist erschrak wie vor einem Gespenst.

»Ja, Noëls Frau – das erfuhr ich dann. Ich war zu ergriffen und sprach vorsichtig: Verzeihen Sie, Madame – ich möchte Sie küssen – mein Bild ist verkauft. – Da sah sie mich an aus ihrem reinen Gesicht und erklärte: ›Ich kann Ihnen zwölf Euro geben. Mehr hab ich nicht dabei.‹«

»Das sagte sie?« Jérôme schlug beide Hände auf den Tisch.

»Ja, das sagte sie. Mehr hab ich nicht dabei.«

»Und was haben Sie geantwortet?« Er siezte sie wieder.

»Ich war empört in diesem Augenblick, ich rief: Dann muss ich Anzeige erstatten.«

»Richtig!« Jérôme suchte erregt nach seinem Notizbuch, begriff dann aber: das war sie, die Anzeige! Deshalb war er hier, der Polizeimann! Wegen dieses Betruges, also wegen dieser Unterschlagung …

»Wo ist das Geld jetzt? Wer hat es?« Er sprang auf und setzte seine Dienstmütze auf.

Amandine zog ihn wieder auf den Stuhl: »Nicht doch! Es gibt dieses Geld gar nicht.«

»Pardon?«

»Hat Noël das nicht erzählt?«

»Nein – überhaupt nicht. Ist es verschwunden? Glauben Sie das?«

Er will wieder hoch. Amandine stellt sich breitbeinig vor ihm auf. Ihr festes Bäuchlein dicht unter seiner Nase, gibt sie bekannt: »Keines der Bilder ist verkauft worden.«

»Aber es stand doch drauf auf den Bildern!«

»Alles nur draufgeklebt.« Sie goss ihm Wein nach: »Ja …«

Die Stadt dachte längst daran, die Ausstellung zu schließen – keine Besucher, keine Resonanz. Man riet Noël dazu, die Lizenz zu verkaufen. Eine Hunde-Ausstellung war im Plan, die versprach eine Menge Einnahmen. Schon wurde der Rundgang einer Kommission angekündigt, eine fachkundige Überprüfung. Da klebte Noël an jedes zweite Bild ein Schild, auf welchem draufstand: »verkauft«. Der jeweilige Preis war geschätzt. Die Galerie kam gut durch den Rundgang – die Angaben machten Eindruck, ein Aperitif tat das Übrige.

Es geschah dies gewissermaßen am Dienstag – Amandine betrat das Kunsthaus am Donnerstag. Da saß Simone im Büro und Amandine kam herein mit dem glücklichen Gesicht der großen Malerin – und ihr wurden 12 Euro angeboten. Da ist die Ahnungslose zur Präfektur nach Toulon, Abteilung Finanzen, und erstattete Anzeige, verlangte Eintausendneunhundert. Es ging um ihre Würde, und sie brauchte das Geld.

Jérôme sank jetzt von selbst auf den Stuhl, ihm wurde schlecht.

»Und was passierte …?«

»Ich habe so einen Rummel in einer Bilder-Galerie noch nie erlebt«, erzählte die Künstlerin. »Jedes Bild wurde fotografiert, jeder Betrag verbucht – die Gesamtsumme der Einnahmen, hieß es, ist umgehend vorzuweisen, der Betrag für den Harlekin bis zum Monatsende auszuzahlen.«

Jérôme nickte heftig und übernahm jetzt die Kontrolle.

»Und wann ist es ausgezahlt worden?« fragte er streng.

»Ach, Gendarm …« Die Malerin seufzte.

Als die siegreiche Amandine zum zweiten Male das Büro betrat, um den Betrag zu holen, stand die porzellanfarbene Apothekerin am Schreibtisch und ordnete Gelder und Quittungen.

»Ihr Gesicht, Jérôme, war so elementar, ihre Haut so ebenmäßig …«

»Ja, doch!« rief Jérôme, er kannte ja die Frau.

Amandine legte beide Hände an die Schläfen, schilderte unbeirrt, wie sie an die makellose Verwalterin herantrat und ihr Folgendes klar machte: »Ein General der Fremdenlegion kaufte in Ciotat mal das Gemälde von einem Pferdekopf, der Wasser aus einem Zinkeimer trinkt, und zwar für dreitausend Dollar. Mein Harlekin ist viel mehr, er ist der wahre Mensch, er …«

Simone unterbrach: »Mädchen, sei still. Ich verliere gerade mein gesamtes Vermögen …«

Alles Geld, was sie hatte, war verloren, war verteilt und hinterlegt – um Noël zu retten. Es waren ja alles erfundene Preise gewesen und erfundene Verkäufe. Amandine nahm endlich zur Kenntnis, dass man für ihren Harlekin nichts bekommen hatte, keinen Sou. Und dass Simone ganz übel dran war. »Sie sah so schön aus, Jérôme – und sie tat mir so leid.«

In diesem Augenblick kam Noël herein – ihm war es sehr unangenehm, Amandine bei seiner Frau zu sehen. Er lächelte selbstgefällig und sah die Papiere durch, die Simone ausgefüllt hatte. Amandine drehte sich der Magen, als sie ihn neben diesem Engel agieren sah.

»Warum tat sie das alles für diesen Mann? Ich versteh es nicht.«

Mein Gott, wie ihr diese Frau leid tat …!

Über Tourtour wehte plötzlich ein leichter Wind, so dass die weißen Tischdecken überall zu flattern begannen. Jérôme stand vorsichtig auf und tastete nach seiner Brieftasche, um die Zeche zu bezahlen.

»Wo ist denn das Bild jetzt?« fragte er dienstlich.

»Gestern war Noël hier – und hat es mir gebracht.«

»Und kein Geld …?«

Sie war selber erschrocken: »Ich sagte ihm, dass ich Anzeige erstatte …«

Dann drehte sie sich weg, schluchzte in sich hinein und rannte davon.

Sie warf die Hacken seitwärts und ließ die braunen Arme hängen. Jérôme hinterher. Er folgte ihr um die Ecke, wo ein steiniger Weg hinaufführte zur uralten Kirche Saint-Denis, dort sah er sie noch – aber als er dort ankam, war Amandine verschwunden. Ein Bauer mit der Schubkarre, der ihm vom Friedhof entgegen kam, wies mit dem Kopf in Richtung Kirchentür, eine Pforte in der anderthalb Meter dicken Mauer – dort war sie offenbar hinein. Jérôme wusste, dieses Gotteshaus war über tausend Jahre alt, besucht hatte er es noch nie. Als er das Gewölbe betrat, nahm er die Mütze ab, verbeugte er sich vor der Stille. Er hatte so viel erhabene Armut, den Verzicht auf jeden Zierrat, noch nie gesehen; ein durchgehendes hohes Kirchenschiff unter kargen Bögen aus Stein – am Ende ein Kreuz und fertig. Darunter aber stand Amandine, an den Altartisch gelehnt, beide Handflächen, wie zum Gebet, über der Nase – die Waden überkreuz. »Es geht um die Anzeige …«, sprach Jérôme leise, als er durchs Gestühl näher kam. Amandine erschrak über Erwarten heftig, die Halle schallte verlegen. Dann stand er neben ihr und sah, dass ihre Nase lief, und sie wischte mit dem Arm drüber und schluckte, ohne ihn anzusehen. Erst nach einer Weile sprach sie dann: »Gott verzeih mir: ich habe es verbrannt, das Bild. Ich wollte dafür nichts mehr haben. Ich will auch nicht wissen, ob es gut ist, ich …« Jérôme drückte ihren heißen Kopf an seine Schulter. » – ich will es nicht wissen …«, ergänzte sie.

»Aber vielleicht …«

»Ich bin jung – ich will meine Ruhe.« Sie hielt ihn ganz sehr fest.

Der Bauer draußen mit der Karre war stehen geblieben, um zu sehen, was nun wird – ob der Polizist die Person gefunden hat und… Lange stand er so – aber eine gute halbe Stunde verging, dann kam der Mann heraus, sehr aufrecht, tapfer wie ein Krieger. Der Bauer hob sofort die Karre an und schob übermüdet los, Kies holen …

Jérôme warf erst vor der Ampel sein Moped an. Dann preschte er hinab, verachtete den spritzenden Schotter, riss den Lenker in die Kurve. Den nächsten Kreisverkehr nahm er links herum, sparte sich die drei Ausfahrten und schoss wie ein Kranker in die erste Straße. Den Bus, der plötzlich wie ein Monster auf ihn zu kam, ließ er gerade noch rechts an sich vorbei und sah dabei, weit unter sich, die rundliche römische Burg, das *Chateau de Taurenne*, und rutschte dadurch in den steilen Abgrund – dem Tod entgegen. Durch's Tal schallte der Motor und Jérômes Gelächter. Ja, er schlidderte übers Gestein und konnte lachen – weil der Tod zu spät kam. Vor einer Stunde hätte es noch Sinn gehabt – aber jetzt? Amandine und er waren sich klar darüber geworden: sie musste nicht malen, wenn sie nicht wollte – er musste nicht Polizist sein, wenn er nicht wollte. Jérôme hielt das Hinterrad in den Armen und ließ sich die Schlucht hinab. Das war so, als schwebe er auf dem Altar hinab, den dicken roten Samt unterm Hintern, die Erschöpfung im Herzen. In einem Spalier von Zypressen blieb er stecken, die Äste stemmten sich unter seine Achseln. Der Auspuff fiel ab in diesem Augenblick, und das laute Knattern schallte durch die Berge … Dann sah er: Der Arm war verletzt und blutete, er suchte in der Seitentasche des Krads nach einem Pflaster – er fand einen Beutel und in dem Beutel waren Zigaretten, alte *Gauloises,* die schwarzen, ohne Filter und auch Streichhölzer, von Bruno heimlich gesichert. Jérôme hatte ewig nicht geraucht, jetzt steckte er sich eine an, kroch auf einen Felsen und paffte seinen Dunst mit Genuss gegen den dunkelblauen Himmel.

Eine Botschaft stieg auf, die Botschaft des Jérôme Laskar: »Ich will von niemandem mehr was.«

Bruno zuckte zusammen, als er das Knattern hörte. Er stand noch immer am Brunnen, und Jérôme stoppte schließlich kurz vor seinen Füßen.

»Sehr schöne Maschine«, keuchte er und sah, dass sein linker Ärmel gerissen und die Haut abgeschürft war.

»Sie knattert ja so!?« Bruno war sehr erschüttert.

»Mir gefällt es so besser«, fand Jérôme. Bruno starrte endlich auf Jérômes Arm: »Was ist denn? Was ist passiert?« Das war richtiges Mitgefühl, der Junge brauchte nur etwas Zeit dafür. Sollte Jérôme ihm die Einzelheiten jetzt nahe bringen? Musste er nicht. Der Tod hatte ihm die Hand geschüttelt und sein Sklavendasein als Polizist beendet. Nun raunte er dem Jungen die Worte ins Ohr: »Am Abend, zwanzig Uhr – während der Messe.« »Hab verstanden.«

»Du bist dir deiner Mission bewusst?«

»Welche Mission meinst du …?« Berechtigte Frage – Jérôme schloss die Augen. Die Lage war ja so: Der neue Priester las die Messe jede Woche immer in drei Orten hintereinander, Ardinoschou kam als letzter dran – heute nun würde es wieder so sein. Nach der Messe also. »Da heißt es handeln!« Vorher nicht. Bruno nickt und schluckt.

Am Abend geschieht es dann: Kaum ist der Geistliche in der Kirche verschwunden, zieht Jérôme mit einer Ausziehleiter über den Platz und stellt dieselbe an einen Kastanienbaum – zwanzig Minuten später erscheint Bruno, nunmehr zu Fuß. Er hat für die Kamera einen hölzernen Vogelkasten gefertigt (oder sein Vater), ihn sogar mit Blättern beklebt und mit einem Einstieg etwa in Amselgröße versehen: an dieser Stelle schaut das Objektiv heraus. Bruno und Jérôme besprechen die genaue Positionierung der Maschine und die technische Anbringung. Sodann steigt Bruno hinauf, Jérôme hält die Leiter. Da Bruno beim Befestigen die Schrauben herunterfallen, wechseln sie die Positionen: Jérôme steigt hinauf, nachdem ihm Bruno die Stand-By-Funktion des Camcorders erklärt hat ... Ein leichter Wind, ganz wie ein aufkommender Mistral, fährt in die Zweige, als der Polizist – bloßen Hauptes und in Turnschuhen – oben auf der Leiter – bei ruhiger Arbeit – von unten her eine Stimme hört: »Was macht denn die Polizei dort oben?«

Jérôme sah hinunter und bekam nur mit, dass Bruno davonlief im Affenzahn. Dafür stand breitbeinig Ernest unter dem Baum, der Bürgermeister. Er ging regelmäßig zur Messe, verließ dieselbe aber immer etwas früher, weil ihn sonst der Prediger in ein Gespräch verwickelte. Irritiert sah er jetzt in den Baum hinauf. »Halte die Leiter fest!« befahl Jérôme, da sie im Wind zu wackeln begann.

Ernest griff zu und wartete, bis Jérôme heruntergestiegen war. »Ein Nistkasten? Für Elstern oder was?« fragte er schelmisch. »Ja, sowas Ähnliches ...« Jérôme rieb sich die steif gewordenen Hände – und in diesem Augenblick fuhr allen Ernstes der Honda mit seinem Hänger vorbei, fuhr an ihnen beiden vorbei und am Kriegerdenkmal und dem Boule-Kasten und in Ruhe hinaus aus dem Dorf. Und Jérôme sagte relativ leise zu Ernest: »Kennst du diese Leute?«

»Nein – keine Ahnung. Aber mir ist, als hätte ich das Auto schon mal gesehen.« Dann sprach er davon, was mit seinem Schafstall passiert war. Da war nicht nur was auszubessern, der musste drei Meter von der Straße weggerückt werden – eine Riesenarbeit – er habe also mit ihm, mit Jérôme, gar nicht sprechen können – Christine habe nur erzählt, dass er nichts mitzuteilen hatte – gemeint war die Kündigung.

»Was ist denn los, Jérôme?« fragte der Bürgermeister.

»Wir werden den Diebstahl in den nächsten Stunden aufklären, Ernest.«

»Aufklären? Den Diebstahl?« Charmasson fand dies total überflüssig.

»Oder eben nicht«, sagte Jérôme.

Charmasson holte Luft und sammelte sich. Dann sprach er mit Jérôme, nicht zu laut, aber verständlich: »Meine Frau Benedictine, du kennst sie, traf gestern Simone, unsere hochangesehene Apothekerin, und die sagte sowas, dass du möglicherweise ihren Mann, also Noël, verdächtigst.«

Jérôme hörte aufmerksam zu und dachte nach. Und Ernest fügte hinzu:

»Jérôme, du willst Unfrieden ins Dorf bringen mit aller Gewalt?«

Jérôme überlegte, wann er zum letzten Mal etwas über Simone gehört hatte: »Sprich weiter.«

»Die Kugeln, die er in Lorgues verkauft hat, waren von seinem Schwiegervater, von Jean-Pierre – die lagen seit Jahren auf dem Boden.«

»Hat das ..., ... hat das seine Frau gesagt?«

»Sie waren vernickelt, aber ihr Vater spielt schon lange nicht mehr, an die neunzig hat Noël dafür bekommen. Das ist Familiensache, das geht keinen was an – auch dich nicht, ist das klar?!« Jérôme überlegte, wann er zum letzten Mal den Namen Noël gehört hatte.

»Sind wir uns einig?« fragte der Dorfschulte mit einiger Schärfe im Ton.

»Ich denke schon«, antwortete Jérôme Laskar.

Charmasson schloss die Augen und litt.

»Jérôme, warum reichst du nicht die Kündigung ein – du kriegst sogar Pension – ich hab' nachgefragt.«

»Ich schnappe erst den Täter.«

»Wie denn, verdammt?!«

Nun legte Jérôme die Hände auf den Rücken und wippte in den Knien. Und sagte: »Ich habe dort oben eine Kamera installiert.« Er wies unauffällig in die Kastanien hinauf. Ernest suchte das Geäst ab – und sah sie.

»Ach, das ist eine Kamera?! – Du bist krank.« Er empfand offenbar wie er, Jérôme, als der das Ding zum ersten Male sah: eine Kamera ekelte ihn.

Ein Polizist konnte sich solchen Ekel aber nicht leisten. Er musste da durch. Solange er in diesem Amt noch war.

»Wir werden ja sehen, was heute Nacht passiert«, erklärte er.

»Du baust das Ding sofort ab!« Es ging dem Dorfboss ziemlich eindeutig um Noël Vendredi – also: diesen Gemäldeverkäufer, der Amandines Leben zerstört hat – aber vielleicht auch nicht. Und der die Boules in Lorgues verkauft hat – oder auch nicht. Und der jede Nacht eine gewisse Lucia besucht – oder auch nicht. Um diese zwielichtige Gestalt geht es, von der soll Jérôme die Pfoten lassen. Jérôme reicht es: »Ich will von Noël überhaupt nichts.« Er vollführte eine wegwerfende Geste. »Es gibt andere Verdächtige.«

»Wen zum Beispiel?« Charmasson wollte es genau wissen – er ahnte nur noch Schreckliches. Jérôme war aber eines glasklar: Als er mit der Fahne umfiel, war das für die Gemeinde schlimm, wenn er seine Aufgaben als Polizist erfüllte, war dies für den Bürgermeister eine Katastrophe.

»Es sind zwei Männer – vorerst …«, sagte Jérôme.

»Zwei? – Aus Ardinoschou?!« Ernest lief rot an.

»Nein – aus Marseille. Du hast sie vorhin vorbeifahren sehen.«

»Diese …, … Erscheinungen?«

Da setzte die Kirchenglocke ein, die Messe war zu Ende. Charmassons unrasierte Wangen spannten sich zu einem Verhau, er schob Jérôme hinter das Waschhaus: »Los, berichte!«

Der Gendarm erzählte von diesen zwei Eisenhändlern, und die Geschichte war mehr als packend. Also, dass sie mehrmals den Ort absuchten, die Gitter am Denkmal überprüften und offenbar sehr präzise Absichten verfolgten. Der *Monsieur le Maire* nickte beklommen. Jérôme nannte jetzt Fakten: die Ladung auf dem Hänger, die Uhrzeiten, das Aussehen der Personen, die Autonummer. Ernest bat ihn daraufhin, obwohl keine Dienstzeit war, in sein Büro – er hatte den Schlüssel ja immer bei sich. Das Oberhaupt des Dorfes war, milde ausgedrückt, ergriffen.

»Jérôme, du hast dich toll gemausert«, schnaufte er, während er die Tür hinter ihnen sorgfältig abschloss. Sodann prüfte er Jérômes Absichten durch folgende Worte: »Jérôme, ich bin überzeugt, es ist eine Bande, die hier ihr Unwesen treibt. Was meinst du? Setz dich doch …«

Er legte Jérôme den Arm um die Schulter: »Eine Bande – und mir ist klar: Sie lässt die Kugeln verschrotten.« Er sah das Bild deutlich vor sich: »Längst sind sie eingeschmolzen, und wir werden sie nie wieder zu sehen kriegen, niemand von uns …«

»Eingeschmolzen …?«

»Sie sind längst verarbeitet zu Stahlträgern, sind verbaut,

wie man sagt. Die Leute sitzen darunter und trinken Kaffee. Wir müssen sie nicht mehr suchen, Jérôme.«

»Glaube ich nicht«, erklärte Jérôme entschieden. Er hatte sich viel stärker gemausert, als Ernest es hatte beschreiben können. »Meine Beobachtungen haben ergeben«, sprach er, »dass sie heute Nacht zuschlagen werden. Die Kugeln, die haben sie, die sind weg – aber jetzt ist das Kriegerdenkmal dran, der geschmiedete Zaun, der Soldatenhelm, die Kirchentür …«

»Woher willst du das wissen?!« Charmasson erschauerte.

»Sie haben diese Dinge einzeln observiert.«

»Wir sind nicht zuständig für Verbrechensbekämpfung!« Dem Bürgermeister war dies einfach zuviel. Jérôme kam ihm etwas entgegen: »Da hast du recht«, sagte er. »Wir müssen uns an die Gendarmerie von Marseille wenden – ich kenne ja die Dienstleitung.«

Er trat an den Schreibtisch heran.

»Du willst mein Telefon benutzen?« Ernest stellte sich dazwischen. »Und wenn nun doch jemand anders – also jemand von uns – vor diese Kamera läuft? Wenn nun doch Noël dort hineinrennt – aus Versehen?«

»Lass mich endlich mit Noël in Ruhe – und auch mit Simone!«

»Der Brigadier von der Kripo stellt hier alles auf den Kopf, Jérôme!«

»*Monsieur Le Maire*!« rief jetzt laut der Bürger Jérôme Laskar. »Bin ich noch Polizist oder nicht mehr …!?«

Ernest schob ihm das Telefon rüber. Es kam tatsächlich so, dass Jérôme Laskar die entsprechende Dienststelle erreichte und seine Meldung machte. »Es handelt sich um organisierte Täterschaft.« Er beschrieb die Verdächtigen und gab die Auto-Nummer durch. Und der Bürgermeister wurde Zeuge, wie Jérôme – eine Stunde später – den Rückruf notierte: Eine Diensteinheit der Polizei von Marseille würde noch in der Nacht, spätestens aber morgen Mittag in Ardinoschou eintreffen.

»Oh mächtiger Gott …«, greinte wie ein altes Weib der Kerl, der unter dem großen Felsen wohnte. Nicht lange, und er verschwand in seinem Verlies, ohne zu essen und zu trinken. Aber die Morgensonne war noch nicht hinter dem Granit hervor, da kam er schon wieder heraus, stieg im tiefsten Schatten auf sein Rad und fuhr lautlos zum *Café de la Réserve.*

Bibi öffnete freudig erregt und stellte ihm einen Espresso hin. Vom Duft angezogen, erschienen nun weitere Einwohner des nervenzerfetzenden Ortes. Wann geht das Boule-Spiel weiter – wie ist denn der Stand? Der Bürgermeister grüßt und lächelt …

Endlich sieht er den Dorfpolizisten kommen – na, das wird aber auch Zeit – allerhöchste Zeit…! Jérôme, als er den Festplatz überquert, erkennt sofort, dass dem schmiedeeisernen Zaun vor dem Kriegerdenkmal nichts passiert ist, er glitzert unbeschwert in der ersten Sonne. Schon bemerkt er Charmasson im Café, geht aber selber nicht hinein – wartet lieber. Als Bruno hinter einem Baum hervortritt, in neuen, sehr weichen Turnschuhen, das Behältnis für die versteckte Kamera in der Hand, weist ihn ein strenger Blick in die Schranken. Noch nicht! Ein, zwei Minuten noch – kein Aufsehen!

Dieser Morgen ist ein erregender Morgen. Die Sonne erreicht das Dorf, dieselbe große, schicksalhafte Sonne wie in Saint-Tropez – und dann biegt das Fahrzeug ein – mit tönendem Signal – das Polizeikommando aus Marseille mit einem *Capitaine* an der Spitze. Es folgen einige Wachtmeister (*Gardien de la Paix*) auf Motorrädern. Doch hinter ihnen, sozusagen als Kern der Eskorte, stoppt ein Honda CRV mit Hänger. Der Bürgermeister tritt aus dem Café, sieht den Polizeiwagen und erblickt den Honda mit dem Hänger – und wirft einen scharfen Blick zum verantwortlichen Dorfpolizisten Jérôme Laskar. Was passiert hier?

Jérôme zieht selbstbewusst sein Koppel straff. Er kennt die Insassen des Honda-Fahrzeugs, keine Frage. Sie hatten die Kerle also geschnappt in der Nacht und gleich hergebracht – na, bitte. Unwillkürlich blicken Jérôme und Ernest hinauf in den Baum zur Kamera – sind die auf dem Film vielleicht drauf? Bruno, instinktiv, will die Leiter holen und hinaufsteigen – das Gerät den Behörden vorzeigen, da stößt ihn Jérôme in die Seite: »Geh ins Café, ein Eis essen – aber schnell!«

Na, das kann spannend werden! Die Gendarmen nehmen ihre prächtigen Helme vom Kopf, straffen ihre Strampelanzüge und geben den beiden Männern im Honda einen Wink. Die steigen aus, in der Tat: der mit dem Ring im Ohr und der brünette Algerier. Nur dass sie heute blaue Anzüge tragen und geputzte Schuhe. Und wieder sieht Jérôme Ernest an und der nickt: sicher eine Gegenüberstellung, da zieht man ihnen die gleichen Klamotten an, das ist so üblich, damit keine Vorurteile entstehen.

Und was geschah dann? So darf man heute fragen. Nun, die Polizei überließ es den beiden Herren, sich selber vorzustellen. Die Bevölkerung stand im Halbkreis um das Kriegerdenkmal, ergriffen von so viel Fahrzeugen und Beamten und schenkte den zwei Tätern alle Aufmerksamkeit. Und was erfahren sie – ohne Umschweife?

Nun, der mit dem Ring im Ohr war kein geringerer als Dr. Christian de Jong von der Abteilung Bio-Archäologie des Nationalen französischen Forschungsinstituts (CNRS) in Montpellier. Der algerische Typ war Monsieur Nasser, sein Aspirant. Beides Wissenschaftler. Sie suchten die Gegend seit einigen Monaten nach ausgegrabenen Kesseln ab, in denen das Mälzen von Gerste stattfindet. Es bestand der Verdacht, dass in der Steinzeit hier in dieser Gegend Bier gebraut wurde. Christian de Jong, immer noch sehr mürrisch, drohte mit der Entdeckung, dass die Franzosen eigentlich keine Weintrinker waren, sondern Biertrinker. Seit der Eisenzeit! – Alle Anwesenden wirkten irritiert, um nicht zu sagen: betroffen.

De Jong wandte sich mit besonderer Höflichkeit an den Dorfpolizisten Laskar, er erklärte ihm mit eindringlichen Worten, dass gar nicht weit von hier, in Carcesson, der Fußboden eines Hauses aus der Steinzeit und gleich daneben eine Feuerstelle für das Mälzen ausgegraben wurde.

»Und wie fanden wir die Stelle, he?!« fragte er den Dorfsheriff, der ihn angezeigt hatte. »Weil wir uns rumgetrieben haben auf den Märkten, und jetzt wissen wir, Marshall: Bierbrauen gehörte zum Alltag in Südfrankreich. Überall Relikte von Geräten, verstehen Sie?«

»Ich bin nicht Marshall«, konterte Jérôme – hatte aber wie alle hier den Eindruck, dass es mit dem Weintrinken jetzt vorbei war. Bibi brachte einen Tisch nach draußen und wischte ihn ab. Einer von den zwei Wachtmeistern legte ein Papier drauf und sagte zum Bürgermeister: »Würden Sie die erteilte Information bitte hier quittieren?«

Ernest Charmasson warf einen – man könnte sagen: abschließenden – Blick zu Jérôme Laskar hinüber und tat dann, wie ihm befohlen, er setzte seinen Krakel unter die Belehrung.

»Und welches Bier müssen wir jetzt trinken?« fragte Vater Muette. Alle lachten herzlich. Serge, der Wirt, nicht so sehr – er wirkte nachdenklich. Aber schon warf Nasser, der Aspirant, das Honda-Fahrzeug an, de Jong verbeugte sich und stieg ein – dann fuhren die Forscher zielstrebig davon, sie hatten den Kanal voll von der Gegend, zumal von den Dorfpolizisten.

Die versammelten Einwohner, es waren immer mehr geworden, sahen den Wissenschaftlern ergriffen hinterher.

Jérôme dachte im wesentlichen daran, dass ihm der Patron aus Barjols eine »Ganztagsstelle« angeboten hatte, also als Transporteur – allerdings müsste er, Jérôme, darauf bestehen, dass die Eisenplatte auf der Ladefläche … also, dass die umgehend angeschweißt wird, ganz klar. Sein Glücksproblem wäre damit bereits gelöst; man muss nicht Polizist sein, um zu leben, man muss nicht malen, wenn man nicht will, um ein anderes Beispiel zu nennen. Beide Berufe sind zufälliger Weise völlig freiwillig. Doch während er sich, innerlich, von seiner Beamtenlaufbahn verabschiedete und dabei lachte, innerlich, als würde er die Schlucht zum *Chateau de Taurenne* hinuntersausen – blieb sein Auge plötzlich an Bruno hängen, der drüben am Baum stand und ihn ansah. Er hielt zu ihm und stand bereit. Für ihn, der täglich Nachrichten hin- und hertrug, waren diese Forscher nur eine Episode. Die Hauptsache, *Messieurs-Dammes*, die kam erst jetzt, das große Ding – wollen wir loslegen?

Die Bierwissenschaftler waren im Weichbild der Voralpen – vielleicht für immer – verschwunden, da näherten sich die

Dorfbewohner zutraulich den Uniformierten aus Marseille, um zu hören, was die denn, ganz allgemein, zum Verschwinden der Boule-Kugeln meinten, dieses Thema war ja geblieben. Zu diesem Zwecke gab der Bürgermeister noch einmal Bericht, und Jérôme stand straff und nickte – und der *Capitaine* aus dem Dienstwagen machte Notizen. Palaver überall, es lag Spannung in der Luft, mehr noch als vorher. Das war nun der Moment, da Vater Muette leise davonschlich. Er konnte lebhaftes Gerede ja nicht ertragen, seine Ohren sausten. Am besten, er nahm sich eine Arbeit vor. Langen Schritts holte er von zu Hause den Trimmer und schlich in die Altstadt damit. Am Haus der Frau Lucia aus Clermont begann er dann die Lorbeer-Hecke zu scheren – und als Lucia sich oben aus dem Fenster lehnte und grüßte – sprach Muette, von einem Seufzer begleitet, den Satz: »Nun ist endlich die Polizei da.«

»Ja, weshalb denn?!« Lucia beugte sich noch weiter hinaus. Der Alte winkte ab und ließ den Motor an. Mehr Worte besaß er nicht, er ließ den Trimmer sprechen. Und auf dem Dorfplatz stand die Polizei und Ernest, der Bürgermeister, war der Meinung, dass es sich um keinen Dieb aus dem Ort handeln könnte. »Nicht wahr, Jérôme?«

Jérôme hatte genug – er nickte Bruno zu. Der geduldige Gefährte erstrahlte, holte mit großen Schritten die Leiter und stieg in den Baum hinauf. Noch achtete keiner darauf; außer Jérôme, starrten alle dorthin, wo der Bürgermeister Bericht gab. Bruno indes, oben angelangt, riss die Kamera ab und stieg damit vorsichtig hinunter. Als er aber unten ankam, stand plötzlich der *Capitaine* vor ihm, hob die Brauen und fragte, was er da unter dem Arm habe. Nun gehörte Bruno die gesamte Öffentlichkeit. Ernest Charmasson, in seinem

Bericht jäh unterbrochen, starrte Jérôme Laskar an: Was soll das?! – Der legte eiskalt die Hand an die Mütze und meldete dem Kollegen von der Hauptwache den Vorgang, der zur Aufklärung des Falles beitragen sollte: die Installation einer versteckten Kamera nämlich. »Beweise sind Beweise«, erklärte er dem Offizier. Der rief zwei seiner Leute heran. Bruno trug die Kamera, in ihrer Begleitung, zur Bürgermeisterei hinauf. Jérôme folgte ihm als sein unmittelbarer Vorgesetzter – na ja, und schon war ihnen beiden Charmasson auf den Fersen, die gesamte »Einsatzgruppe« erklomm jetzt, könnte man sagen, die Stufen.

Oben angekommen, schloss Bruno die Kamera mit Hilfe von Christine sehr umständlich an den Fernseher des Büros an. Der Raum wurde von Neugierigen besetzt. Die Polizisten, um Ruhe und Ordnung bemüht, erläuterten den Einwohnern, die unten geblieben waren, noch einmal, wie sie den Anruf aus Ardinoschou bekommen und sofort reagiert hatten – nein, das sei in Ordnung gewesen, immer anrufen in einem solchen Falle! Oben öffnete sich ein Fenster, aus dem Informationen nach unten gelangten. Im überfüllten Büro des Bürgermeisters war das Gerät jetzt angeschlossen. »Soll ich?« fragte Bruno. – »Bitte!«

Die Kamera surrte.

Schön ist die Nacht über Ardinoschou. Die scharfen Schatten der Eichen, der glitzernde Kies, das schwache Licht im Café. Die Kamera arbeitet sehr aufmerksam, sie erfasst sogar zwei Zikaden, die auf einen Tisch hopsen. Dann weht nur der Wind, und das Laub in den Zweigen zappelt, mehr sieht man nicht. Aber dann, nach einem Weilchen, kommt von links eine Gestalt ins Bild, ein Mann – er läuft geradewegs in den Schein der Laterne: es ist Noël. Jérôme schließt, peinlich erregt, die Augen, der Bürgermeister Charmasson verliert jeden Halt, stützt den hängenden Körper mit beiden Händen auf den Tisch.

Der Film handelt von Noël, wieder mal. Noël wandert über den Platz, arglos, als wäre Mittagszeit. Noël bleibt vor der langen Boule-Kiste stehen und sieht hinein. Wenn er jetzt hineinlangt, bangt Jérôme, dann ist alles geklärt – dann ist Noël überführt, vor aller Augen, durch die grandiose Scheißkamera. Die Brigade ist nicht umsonst nach Ardinoschou gekommen, sie kann den Täter wahrscheinlich schnappen und gleich verhören. Aber Noël steht immer noch vor der Kiste und tut nichts. Er blickt müßig in die Bäume, auch in die Kamera für einen Moment – sieht er sie? Er zögert jedenfalls. Charmasson findet die versteckte Beobachtung eines Menschen aus Ardinoschou widerlich, er sieht Jérôme angeekelt an. Als ob der gewusst hat, was sie hier zu sehen kriegen! Aber bis jetzt geschieht ja nichts. Noël kratzt sich den Kopf, danach marschiert er zielstrebig weiter – er stapft die schmale Gasse hinauf in Richtung Altstadt.

Wohin lief er? Die ahnten alle nicht, wo er hinging, sie rechneten damit, dass er gleich wieder umkehrt. Nur Jérôme wusste, dass dies nicht geschehen würde, er ahnte Schreckliches. Noëls Gang war gemächlich, es waren gewohnte Schritte, durchs alte Tor hindurch, gestern wie heute.

Er latschte quer durchs Dorf bis in ihr Schlafzimmer, verdammt, hatte seine Besuche nie abgebrochen. Und dabei hatte sie Jérôme geschworen: Es ist aus, es ist vorbei – er kommt nicht mehr! Jetzt starrte der Polizist fassungslos auf den Monitor, wo die Gestalt Noëls den Weg zu ihrem Hause fand wie im Schlaf. Warum diese Lüge, großer Gott? Als sie sich das letzte Mal sahen, war er aus der Bürgermeisterei gekommen, stinksauer und verzweifelt. Da machte sie ihm klar: Es sei sinnlos, Noël anzuzeigen. »*Jamais* – niemals! Das werden wir niemals tun!« Für diesen Befehl hatte Jérôme nur eine Erklärung: Sie wollte nicht, dass der Polizist sich zugrunde richtet. Beide Hände voller Alibis, hätte sie ihn zerquetschen können. Das wollte sie nicht – gut, und warum nicht? Weil Noël nicht mehr kam? Weil alles vorbei war? Schöner Schwindel …

Nein, nein – ein Gourmet versaut sich sein Essen nicht. Sie wollte keine tote Maus unter den Trüffeln, wie man so sagt. Jetzt erlischt der Schatten Noëls am Steintor, weiter reicht die Kamera nicht – Stille im Film und im Büro. Noël ist bei ihr, und sie haben keine Leiche mit im Bett. Alle Zuschauer starren auf die verschwiegene Dunkelheit, auf die zitternden Blätter der Platane.

»Da!« flüsterte jäh der Bürgermeister. Alle hielten inne.

Zwei leuchtende Punkte waren ins Bild gesprungen. Ja, man sah zwei glühende Augen, sehr lebendig. Sie hielten an und hoben sich und gingen wieder zu Boden. Schließlich war zu erkennen: Sie befanden sich in einem eckigen, dunklen Kopf, der hin- und herzuckte. Ein vierbeiniges, schlankes Tier, ein Hundevieh – es zögerte und kroch, dann sprang es auf den Kasten. Jetzt sah man die Kreatur von der Seite, den langen Körper, den üppigen Schwanz: ein Fuchs. Ja, tatsächlich. Der legendäre Hühnermörder, ein recht ausgewachsener Kerl – kaum zu fassen – beugte sich über die Boule-Kugeln. Er schnupperte an der einen, sicherte, schnappte sich den eisernen Ball, sprang hinunter und rannte damit fort, trug ihn im Fang einfach davon. Und alle standen wie gebannt und warteten. Es dauerte eine Weile, gewiss, aber dann kam er wieder, der Täter, und holte die nächste, schnappte sie, erbarmungslos, als wär's ein Menschenschicksal, das nun eben dran ist …

Jérôme, der heute einen schweren Tag hatte, starrte unwillkürlich Bruno an, der ja die Kamera angeschleppt und in den Baum gehängt hatte. Der Junge war ganz rot im Gesicht, seine Stirn kriegte vertikale Falten, er konnte den Fuchs nicht, nun ja, nicht realisieren – seine Hände flatterten.

»Ich bin ja … ich muss …«, stotterte er hysterisch – er würde sich für seine Hinweise und Behauptungen entschuldigen, wollte er ausdrücken.

»Du machst jetzt gar nichts, Bruno«, flüsterte Laskar. Bruno stürzte hinaus, polterte die Treppe hinunter. Und wieder erschien der Fuchs auf dem Bildschirm, holte sein nächstes Opfer, und alle Anwesenden verfolgten die Szene. Jérôme sank auf einen Stuhl, betrachtete des Tieres Geschick, den Umgang mit der Kugel. Es schnappte zu und hob die Schnauze, überließ die dicke Silberperle ruckartig dem Kiefer, ohne ihr weh zu tun; eine Zirkus-Nummer. Dann spürte der Gendarm, dass hinter ihm die Tür aufging, Luft wehte in den Nacken – er drehte sich um, und dort, in voller Größe, stand Noël. Der blieb stehen und schaute zu. Sein geöffneter Mund wirkte erstarrt, sein Blick konzentriert und reglos. Jérôme versuchte, ihm in die Augen zu sehen – aber der reagierte nicht, blieb dem Fuchs verfallen. Der einfache Dorfpolizist verfügte über keine großartige Technik der Spurensuche, er roch nur wie ein Hundchen das Parfüm Lucias. Und fühlte sich elender denn je. Schon holte der Fuchs die nächste Boule. Tiere sind wie Menschen. Er kriegte sie schräg zu fassen, der Speichel tropfte, die Läufe sackten ihm weg, aber er schleppte das Schmankerl den Schotter entlang, wie von Sinnen …

Nun sprang der Bürgermeister hoch – riss das Fenster auf und winkte hinunter: »Der Fuchs! – Los! Kommt!« Alle sollten es sehen! – Die einen rannten hinunter, die anderen kamen herauf, drängten zur Vorführung. Die Polizisten, an Disziplin gewöhnt, warteten auf der Treppe, bis sie dran waren. Als Jérôme sich umdrehte, war Noël nicht mehr da, die Tür stand offen. Die Kunde vom Fuchs war hinaus, eilte ins Dorf, sickerte durch alle Ritzen: der Fuchs, der Fuchs … Charmasson reckte die Arme zum Himmel, als wäre der Heiland erschienen: »Oh – mein Gott!«

Der Film wurde noch einmal vorgeführt, und der dargestellte Sachverhalt ergab für die Gendarmen aus Marseille eine eindeutige Aussage für das Protokoll. »Alles klar«, sagte der *Capitaine.* Es war der Jäger Serge, Bibis Gatte, der mit heiserer Stimme erklärte: »Für mich nicht!« Für ihn sei der Vorgang unfassbar. Nämlich insofern: Was wollte der Fuchs damit? Wo schleppte das Miststück die Kugeln hin? Serge versammelte die Jäger. Er ließ die Hunde den Boule-Platz beschnuppern, dort, wo der Fuchs, flach am Boden, herangeschlichen war. Sie nahmen seine frische Witterung, seinen Fell- und Pissgeruch und stoben durch die Trüffel-Eichen, hinaus aus Ardinoschou, den Hang hinab, die Nase am Boden …

Viele aber blieben auf dem Dorfplatz, sagten nichts mehr, bewegten sich nicht – als sei ihnen heute ein Zeichen gegeben worden. Der Morgendämmer tauchte die Häuser in ein müdes Zwielicht, die Wände röteten sich, die silbernen Blätter der Oliven erloschen – Charmasson, der Bürgermeister, atmete aus: »Nichts ist geschehen – alles kann so bleiben.«

Nicole wollte instinktiv die Marseillaise anstimmen, wurde aber von Christine am Arm gezupft – und in der Ferne hörte man, wie die Hunde den Wald erreichten, jaulendes Geheul verlor sich unter den Bäumen …

In diesem Augenblick biegt, wie eine Bö aus südlicher Richtung, Lucia Morelle um die Ecke, auf leichten Füßen in Sandalen, das Haar in Strähnen, die aus dem Bett gewehte reine Sünde. Heftig atmend hält sie an, erblickt die Polizei, also deren Fahrzeuge und die schweren Revolver – und weiß, was geschehen ist. Das sensible Jerseykleid gibt jede Regung ihres Nervensystems wider, die heißen Nüstern ziehen alles rein, den aufgeregten Ort mitsamt Bevölkerung. Von dem Fuchs und der Kamera ist noch nichts bis zu ihr gedrungen, doch als sie, durch die nassen, frisch gemalten Lider hindurch, Noël wahrnimmt, der neben den Polizeileuten steht, bedeutet dies: er ist überführt worden. Noch machen die Beamten Notizen, gleich werden sie ihn abführen. Und Jérôme, der fleißige Polizist, ist auch da. Er steht zwei Meter ab – hatte seine Arbeit getan, alle Beobachtungen mitgeteilt, den Verdacht begründet …

Niemand der Anwesenden wird dieses Ereignis je vergessen. Lucia Morelle, wie in Öl gemalt, hob die Hand und rief, nicht einmal laut: »Hören Sie, *Messieurs-dames* – Noël war es nicht. Noël Vendredi war in jener Nacht bei mir, er hat ein Alibi. Meine Herren Gendarmen, sie dürfen ihn nicht verhaften, sie haben meine Aussage.«

Die Polizisten aus Marseille blicken irritiert – welche Festnahme? Aber wenn Beamte irritiert blicken, wirkt dies ja noch gefährlicher, weil sie den Mund zusammenpressen. Es sah so aus, als würden sie den Mann nie wieder freigeben. Nur der Schutzmann Jérôme, der vorhin an sie denken musste, kennt den Zusammenhang und blickt verlegen zur Seite.

Alles ist schon wieder anders. Lucia, die Geliebte des Täters, hatte immer nur das eine gewollt: diesen Auftritt! Diese öffentliche Bekanntgabe! Und sie nimmt natürlich an, der brave Dorfpolizist habe den Dieb ans Messer geliefert. Jérôme will schon die Hand heben und sie warnen, er ahnt Schreckliches – aber die Dame gähnt so ordinär und muss jetzt selber lachen über ihren Sieg, da kann er nicht sprechen. Mit wogender Hüfte bewegt sie sich, an Jérôme vorbei, auf Vater Muette zu, der einen Pastis in der Hand hält – freundlich nimmt sie ihm das Glas ab und trinkt es aus. Und ruft aus frischer Kehle die Worte: »Noël wollte mich nicht kompromittieren, versteht ihr – deshalb hat er nichts gesagt. Aber ich habe keine Angst davor, warum?« Sie spaziert weiter mit gestrafften Beinen. Nun lachen einige verlegen. Schön, wenn Frauen Phantasie haben. Jérôme Laskar starrt tierisch auf ihre harten Schenkel, die am Kleid kleben und weiß nicht, wie er es ihr erklären soll. Schon kommt sie auf ihn zu: »Hallo, Jérôme – Gratulation! Tolle Arbeit! Sie haben mir nicht geglaubt …«

»Ich habe Ihnen geglaubt, Madame, nur …« Er will nicht weiter, sie ist so herrlich in Fahrt und obenauf – diese Bühne, das ist der Höhepunkt ihres Lebens. »Na, was ist …?« ruft sie den Männern aus Marseille zu. »Wollen Sie die Aussage nicht aufschreiben?« Aber die rühren sich nicht von der Stelle. Haben damit wohl nicht gerechnet, was? Ein Schnösel lacht wie ein Pferd aus dem Hintergrund, nun lachen alle über ihn – aus reiner Erleichterung.

»Warum lacht ihr?« fragt Lucia – und beginnt stutzig zu werden. »Was ist denn los?« Ihr Kopf fährt hin und her.

Da tritt Noël hervor, er verlässt ohne weiteres die Polizisten, bei denen er steht – die halten ihn nicht fest. Also der mutmaßliche Täter, der Dieb, der geht jetzt leichten Fußes dorthin, wo Lucia sich befindet. Steht dann vor ihr, breitbeinig, mit machtvollen Schultern und starrt sie an. Und wird wohl gleich etwas sagen. Lucias Blick geht noch einmal den Weg seiner Schritte zurück, sie blickt auf die tatenlosen Polizeileute und nimmt zur Kenntnis: Sie haben ihn zu ihr gehen lassen. »Er ist frei!« jubiliert sie und hätte den Tatverdächtigen am liebsten umarmt. Aber sie besinnt sich, sie tritt auf den Dorfpolizisten Jérôme zu, stößt ihn mit beiden Händen gegen die Schultern: »Danke!«

Jérôme wirkt betreten und verzieht den Mund.

»Und nun stehen Sie da« lacht sie ihn aus. »Er war's nicht.«

»Nein, er war es nicht«, spricht laut Jérôme Laskar. »Es war der Fuchs.«

Die Menschenmenge reagiert wie ein Chor: sie grölt und lacht, schweigt schnell wieder. Lucia versteht nichts, glättet ihr Haar, starrt Jérôme an: »Was haben Sie gesagt? Es war w a s …?« Sie hat das Wort gehört, ein Fuchs war da, irgend so ein Tier. Ja, und?

»Madame Morelle, regen Sie sich nicht auf! Noël braucht kein Alibi. Es war der Fuchs, er hat den Diebstahl begangen.«

Er selber, so wird ihm in diesem Augenblick klar, hat überhaupt nichts aufgedeckt oder ausgerichtet – nicht die Bohne.

Lucia will lachen und kann nicht – was sie jetzt begreifen soll, ist zu viel.

Ein Glück, dass Bruno hinter seinem Vater hervorkriecht und losstammelt, um ihr herauszuhelfen. Die Kamera, die er besorgt hat, ein Fuchs im Bild, der die Kugeln schleppt. »Klarer Diebstahl – wir haben … äh verfü … verfügen über die Beweise.«

Lucia in ihrer schönen Gereiztheit ist dies alles schnuppe, sie blickt jetzt Noël an, als frage sie: Was sagst denn Du dazu?

Noël zuckt die Schultern: »Ja, ja – der Fuchs …« Dann fährt er plötzlich herum und sieht: Simone, seine Frau tritt aus der Menge, zart und bleich wie Porzellan. Der schwarze Haarschopf über der Stirn wölbt sich, er ist mit einer Spange angehoben worden, die kleine Person wirkt erhaben und das Gesicht wie eine weiße Vase. Ihr Armband aus kobaltblauen Lapislazuli-Steinen fehlt nicht, nur die erdfarbene Stola ist neu, und sie zieht sie enger beim Herankommen. Wahrscheinlich möchte auch sie gerne hören und sehen, was Noël jetzt zu sagen hat. Lucia zittert, denn ein Bekenntnis, so spüren ihre Nüstern, liegt in der Luft. Aber der Mann, der so entschlossen herankam, beißt sich auf die Lippen und überlegt noch. Der *Capitaine* der Brigade kann ihm auch nicht helfen, er sagt zu seinen Leuten: »*Eh bien* …« Weiter nichts. Nicole beginnt – es sind die Nerven – leise zu singen. Ardinoschou steht am Scheideweg.

Aber als weiter nichts geschieht, wendet sich Lucia laut an alle Anwesenden: »Habt ihr mich denn nicht verstanden …?«

Nun schiebt sich, mit Krawatte und offenem Jackett, der Bürgermeister nach vorn, Ernest Charmasson hebt die Hände und lacht: »Ja, das war wirklich sehr nett von Ihnen, Madame Morelle. Ich danke Ihnen.« Dieser Meinung sind auch alle anderen – sie klatschen. Frau Lucia Morelle, weiß Gott, hat Noël heraushauen wollen und sich selber nicht geschont dabei. Schon trippelt Bibi heran mit einem Tablett gefüllter Pastis-Gläser, und eins fällt ihr um und alle bücken sich, um es aufzuheben. Und Jérôme breitet instinktiv die Hände, um eine Absperrung vorzunehmen, mein Gott, das Glas liegt ja im Sand …

Da ertönt – vom alten Waschhaus her – eine Mädchenstimme, dringt durch wie ein Ruf: »Noël – nun erzähl – *raconte*!«

Jérôme erkennt die Stimme sofort. Das ist Amandine. Ist also hier, das junge Ding. Der Gendarm dreht sich vorsichtig um und sieht das Mädchen mit den Meisterwaden auf der Steinwanne im Waschhaus stehen – neben ihr noch andere Frauen. Ihre Blicke treffen sich. Und Jérôme denkt, dass es am besten wäre, wenn er die gewünschte Kündigung morgen bei Christine einfach abgibt – also in der *Mairie*. Aber in diesem Augenblick schwingt Noël den Arm hoch, als werfe er eine Eisenkugel – lässt die Hand aber oben und gebietet Stille. Dann spricht er die Worte: »Ja, es ist wahr. Ich war bei Madame Lucia – ich war in ihrem Haus – in jener Nacht. Und ich sage das nicht, weil ich ein Alibi brauche, ich …«

Ja, warum sagte er es? Amandine klatscht erst alleine, dann schallt es im Waschhaus wie in der Londoner Albert-Hall. Aber nicht lange, denn: rundum bleibt alles still und schnell verebbt auch die Unruhe am Wasserbecken. Noël kann deutlich mitteilen: »Ich hab Lucia sehr gern.«

Die Leute von Ardinoschou, das muss man sagen, sind bei solchen Worten gerührt und gerne heiter – heute schlagen sie die Augen nieder. Da halten es die Polizeileute aus Marseille nun doch für das Beste, den Einsatz zu beenden – Abmarsch! Der *Capitaine* steigt ins Auto, die anderen werfen ihre Motorräder an, schon rauschen sie unter Getöse aus dem Dorf. Die kleine Simone aus Porzellan blickt ihnen nach, gibt ihnen genügend Zeit. Der Ortsgendarm schaut zum Waschhaus, er kann jetzt Amandine direkt in die Augen sehen, und diese sagen zu ihm: ›Komm, wir hauen ab! Irgendwohin!‹ Jérôme Laskar fühlt, wie sein Herz warm wird. Aber dann sind die Soldaten um die Ecke, und Simone, die ihnen nachgeschaut hat, schlägt ihre kleine Faust ins Händchen und sagt: »So …!«

Und sie dreht sich um und stapft auf ihren kurzen Beinen in Richtung Domizil. Noël hebt den Kopf, blickt in die Runde – und folgt ihr, ein Fels von einem Mann, unter der sengenden Sonne von Saint-Tropez …

Lucia bleibt zurück mit nassen Wangen, und weil alle sie anstarren, reckt sie neugierig den Kopf und schaut zum Waschhaus: ›Welches Weibsbild rief denn da?!‹ – Und schnaubt, als ob sie schluchzt, und guckt, als ob sie sucht – aber das Mädchen ist nicht mehr da, es ist gegangen.

Lucia wirft ihr Haar nach hinten. Wenn dann ein leichter Mistral einsetzt und die Kastanienbäume rauschen, wird auch das Herz noch schwer.

»War nicht leicht für Jérôme«, seufzt Vater Muette. Er steht beim Bürgermeister und weint fast. Ernest stimmt ihm zu:»Ein guter Polizist.«

Am späten Nachmittag fanden die Jäger mitten im Pinienwald den Fuchsbau und gruben ihn auf. Im Kessel des Labyrinths lagen, wie in einem Nest, die glänzenden Eisenkugeln – zweiunddreißig an der Zahl, als man nachzählte. Sie wurden nicht geputzt; die mit dem Speichel des Verbrechers benetzten Geschosse, an denen der ockerfarbene Grubensand klebte, wurden auf einem offenen Karren nach Ardinoschou gefahren. Keineswegs standen sie für das große Endspiel zur Verfügung; sie lagen eine Woche lang unangetastet vor der Bürgermeisterei, auf Sackleinen gebreitet – eine Menge Presse erschien.

Das Finale der besten Boule-Spieler begann dann am Sonnabend pünktlich um zehn. Es prasselten die Kugeln, bald lagen so viele geborstene Schicksale umher, wie man nur wollte. Vater Muette übernahm die Spitze und alle notwendigen Herztabletten. Noël hielt die Waagerechte, ließ die rechte Wade in der Sonne funkeln, starrte auf den Einschlag …

Jérôme Laskar erlebte dies alles vom Café aus, er trank einen Pastis und blickte durch die große Glasscheibe. Und er hörte den Vater von Bruno, der noch im Trainingsanzug war, sagen: »Mein Gott, was geht in so einem Tier vor sich – schleppt diese Eisenkugel fort, eine nach der anderen – kann mir das einer sagen?«

»Wir wissen nichts über den Fuchs – gar nichts …«, sagt einer.

Bibi, die Getränke austeilte, stellte sich das so vor: »Sie glänzen, die Kugeln, und sind so schön rund, das gefällt ihm – und er will sie besitzen – sage ich mir.«

Und Serge, ihr Mann, ruft aus der Küche: »Irgendwas fehlte in seinem Leben …«

»Würde man nie drauf kommen«, sagt Bibi. »Noch einen *Ricard*?«

»Ja, bitte!« sagt Jérôme. Er wird heute so lange trinken, bis Colette ihn holen kommt.

Ende

Nachsatz zum Autor

Benito Wogatzki war in Berlin zu Hause, in der Stadt, in der er 1932 geboren wurde und die meiste Zeit seines Lebens verbracht hat. Heimatlich fühlte er sich auch im Brandenburgischen, wo er, als Heranwachsender, in Reinsdorf, nahe Wiepersdorf, die letzten Kriegsjahre und die Nachkriegszeit erlebte. Sein erster Roman *Romanze mit Amélie* ließ die in dieser Zeit eingefangenen Erlebnisse wieder frei: » … eine Welt in einem Ort«.

In Siethen, bei Ludwigsfelde, hatte er dann viele Jahre ein Refugium zum Schreiben. Dort entstanden u. a. seine Romane *Narrenfell* und *Schwalbenjagd* und die vielen Serien-Szenarien fürs Fernsehen. In den umliegenden Dörfern hatte er Freunde. Ihr Leben war ihm vertraut und ging ihm nahe.

So etwas wie ein Motto hatte Benito Wogatzki nicht für sein Leben, es sei denn jenes, dass »wer nie fort, nie zu Haus« war. Dennoch war er keinem Vorsatz gefolgt, als er sich in der Provence angesiedelt hat und dort das letzte Anderthalbjahrzehnt seines Lebens geblieben ist: es hatte sich so ergeben.

Von dem kleinen provenzalischen Dorf war er gleich eingenommen. Auf halbem Weg zwischen dem Mittelmeer und den Alpen gelegen, ist die Landschaft vielfältig, ist der Mistral heftig, duften Lavendel und Thymian, Rosmarin und Sarriette wilder als anderswo. Das Dorf selbst und die es umgebenden Orte zeugen von einer Dauer, die keine einschneidenden Wechsel und Wenden kannte. Die kleine dörfliche Gemeinschaft begegnete ihm mit Respekt und mehr und mehr mit herzlicher Zuneigung.

Benito Wogatzki fand hier das Ungestörtsein zum Schreiben, dessen er immer so sehr bedurfte. Und wohl auch den Abstand zu den Erschütterungen, die das Ende der DDR in seiner Heimat ausgelöst hatte – um diese literarisch zu verarbeiten. Es entstanden zwei Romane, der Wende-Roman *Flieh mit dem Löwen* und der Europa-Roman *Fleur.*

Bereits in *Fleur* hat er Eindrücke seines provenzalischen Lebens in Szenen und handelnden Personen gestaltet.

Die vorliegende Novelle erwuchs ganz und gar aus diesen Eindrücken und diesem Leben. Er nahm sie in Angriff als Teil eines Bandes, der noch zwei oder drei weitere Novellen enthalten sollte. Es war an Kriminalgeschichten gedacht, ähnlich denen, die er für's Fernsehen unter dem Titel *Mordslust* verfaßt hatte.

Die Novellensammlung sollte den Titel tragen: »Gendarmes couchés« – schlafende Gendarmen. Damit bezeichnet man zuweilen die Bremsschwellen, die zur Verkehrsberuhigung auf Straßen in Ortschaften oder Wohngebieten angebracht sind. In den Geschichten sollte immer ein Polizist im Mittelpunkt stehen, und der mit dem Titel »Gendarmes couchés« angeschlagene Ton sollte die Erzählweise bestimmen: Humoresken der besonderen, vielleicht auch der schmerzlichen Art. An Begebenheiten sollte das Skurrile kenntlich gemacht werden, es zuweilen ins Groteske verlängernd – als Ausdruck nicht nur von Wogatzkis Art zu schreiben, sondern auch als Ausdruck einer eigenen Wahrhaftigkeit dieses immer noch traditionellen dörflichen Lebens im Frankreich unserer Gegenwart.

Von den geplanten Novellen hat Benito Wogatzki nur noch diese eine, hier vorliegende, schreiben können. Für die anderen hatte er Ideen skizziert und bereits Material zusammengetragen.
An *Unter der Sonne von Saint-Tropez* hat er verhältnismäßig lange gearbeitet, etwa zwei Jahre. Im Februar 2016 empfand er die Novelle als fertig. Sie ist zu seinem letzten Wort geworden – voll herzlicher Sympathie für den Ort seiner Wahl.

Die erzählte Geschichte als solche und die in ihr vorkommenden Personen und Orte sind jedoch reine künstlerische Fiktion.

Die Edition erfolgt nach der von Benito Wogatzki autorisierten Fassung vom 20. Februar 2016.

Französischsprachige Literatur bei Faber & Faber

Frédéric Brun
Perla
Roman

128 Seiten
Hardcover mit
Schutzumschlag und
Lesebändchen
ISBN 978-3-86730-170-1

An einem Spätsommertag verstirbt die Mutter des Erzählers, die 1944 als Jüdin nach Auschwitz deportiert wurde, aber das Grauen überlebte. Doch das Trauma dieser Erlebnisse wird sie ein Leben lang nicht mehr verlassen. Erst nach ihrem Tod beginnt der Erzähler seine Suche nach Wahrheiten und eigenen Wertvorstellungen und schenkt damit seiner Mutter ein Memorial. Der Autor erhielt für dieses Buch im Jahr der französischen Erstausgabe den *prix Goncourt du premier roman.*

Herstellung Atelier Eilenberger
Schrift Bembo
Papier Munken
Printed in Germany

Aus Gründen des Umweltschutzes schweißen
wir unsere Bücher nicht mehr ein.

ISBN 978-3-86730-210-4

Dieses und andere Bücher
finden Sie auch im Internet unter
www.verlagfaberundfaber.de